# 诗品解说

邵盈午 著

中央编译出版社
Central Compilation & Translation Press

## 图书在版编目(CIP)数据

诗品解说 / 邵盈午著. -- 北京：中央编译出版社，2015.9
ISBN 978-7-5117-2717-6

Ⅰ. ①诗… Ⅱ. ①邵… Ⅲ. ①古典诗歌—诗歌研究—中国 Ⅳ. ①I207.22

中国版本图书馆CIP数据核字(2015)第142717号

诗品解说

| | |
|---|---|
| 出 版 人： | 刘明清 |
| 责任编辑： | 苗永姝 |
| 责任印制： | 尹　珺 |
| 出版发行： | 中央编译出版社 |
| 地　　址： | 北京西城区车公庄大街乙5号鸿儒大厦B座（100044） |
| 电　　话： | （010）52612345（总编室）　（010）52612335（编辑室） |
| | （010）52612316（发行部）　（010）52612317（网络销售） |
| | （010）52612346（馆配部）　（010）55626985（读者服务部） |
| 传　　真： | （010）66515838 |
| 经　　销： | 全国新华书店 |
| 印　　刷： | 北京时捷印刷有限公司 |
| 开　　本： | 787毫米×1092毫米　1/32 |
| 字　　数： | 89千字 |
| 印　　张： | 7.25 |
| 版　　次： | 2015年9月第1版第1次印刷 |
| 定　　价： | 25.00元 |
| 网　　址： | www.cctphome.com　邮　箱：cctp@cctphome.com |
| 新浪微博： | @中央编译出版社　微　信：中央编译出版社（ID:cctphome） |
| 淘宝网店： | 中央编译出版社直销店(http://shop108367160.taobao.com)　（010）526123 |

凡有印装质量问题，本社负责调换。电话：(010)55626985

目录

诗意地栖居（代序）　　1

诗品注译、导读

［一］雄浑　　57

［二］冲淡　　67

［三］纤秾　　75

［四］沉着　　83

［五］高古　　91

［六］典雅　　99

［七］洗炼　　107

［八］劲健　　115

［九］绮丽　　123

［十］自然　　129

［十一］含蓄　　137

［十二］豪放　　145

［十三］精神　　153

| [十四] | 缜密 | 159 |
| [十五] | 疏野 | 165 |
| [十六] | 清奇 | 171 |
| [十七] | 委曲 | 177 |
| [十八] | 实境 | 185 |
| [十九] | 悲慨 | 191 |
| [二十] | 形容 | 197 |
| [二十一] | 超诣 | 203 |
| [二十二] | 飘逸 | 209 |
| [二十三] | 旷达 | 215 |
| [二十四] | 流动 | 221 |

# 诗意地栖居(代序)
## ——对《二十四诗品》的重新读解

原传唐代司空图所撰《二十四诗品》,为中国文学批评史上具有代表性的重要作品之一。迨至今日,在中国文学理论、文学批评史、美学史诸研究领域中,《二十四诗品》(以下简称《诗品》;但在一些不宜简称的语境下,仍用全称)研究已然成为一门显学。若溯及《诗品》的"研究史",早在清代便已取得了初步成果[①],而对《诗品》的现代意义上的研究,则始于上世纪20年代末30年代初,至今已70余年。从研究成果来看,这一时期的论者已不满足于像清人那样考释辞句,剖析义理,而是分别从文学、美学、哲学、文化学等不同角度对其进

---

① 其代表性成果有《诗品臆说》(孙联奎)、《诗品浅解》(杨延芝)、《诗品解》(杨振纲)、《皋兰课业本原解》(杨振纲《诗品解》引)、《诗品注释》(无名氏)等。

行跨学科的综合研究与立体观照。随着讨论的深入，一大批义胜识卓的论文相继问世。但令人遗憾的是，迄今为止，尚未出现一部对《诗品》予以整体把握的学术专著，这显然不能真正反映和适应《诗品》研究的实际发展状况。出于抛砖引玉的考虑，笔者拟将在《诗品》研究过程中所产生的一些心得贡拙如下，以俟学界公论。

## 一、如何看待《诗品》的作者问题

关于《诗品》的作者究竟是谁？一直是学术界最为关注的问题。这种"关注"，似乎基于以下这样一个毋庸置疑的常识："作品的意义是作者赋予的"，因此，对《诗品》作者的研究，理应是《诗品》研究的题中应有之意。从某种维度上说，《诗品》作为作者主体情思的文本支撑，其价值意向确实是先在的；或言之，正因有了作者这一"文本"，才谈得上"文本"之创造。而批评的根本目的，就在于准确地理解作者的意图；其最高的境界就是成为"得秉笔人之本意"的"知音"（刘勰语）。此语看似无误，其实问题不少。

首先，用文学语言所表现的作品意图，与日常会话毕竟有不同的性质，真正达到刘勰所谓"觇文见心"的境界，在文学读解活动中又谈何容易。

其次，在"作者论"观念的支配下，研究者开始搜集作者的具体的背景材料,藉以寻求它与作品之间的"互文性",以期获得理解上的满足。但真正的文学读解活动就如此简单吗?

复次,所谓"作者论",其实就是一种"反映论"。这种理论认识的特点是将一个文本视作它所产生的那个具体时空的一般状况(包括政治、经济、文化、宗教、审美等)与作者本人的具体情况(包括出身背景、社会地位、人生阅历、价值追求、审美倾向、宗教信仰等)的共同反映。对文本的研究,其实就是寻求历史与逻辑的统一,围绕文本、作者与时代这三者的关系进行价值判断。且不说这种研究方法的科学意义如何,仅就研究的技术操作层面来说,它绝不适用于那些作者尚有争议的文本。

最后,以往的"作者论"本体观念,往往基于对"文如其人"这一命题的充分肯定。论者总认为"文"与"人"是高度对应的,所谓"有德者必有言"(孔子《论语》),所谓"言,心声也;书,心画也。声画形,君子小人见矣"(扬雄《法言·问神篇》),所谓"德弥盛者文弥缛,德弥彰者文弥明。大人德扩,其文炳;小人德炽,其文斑"(王充《论衡》),皆此之谓也。其实,"文如其人"的命题本身就是一个模糊判断,其内涵与外延皆不明确。其实,"文行两途"自古已然①,何须赘述。依笔者之见,"文如其人"理论的成立,必须基于以下三项假设或前提:第一,作家必须具有"文如其人"的愿望;第二,作家必须真实地表

---

① 清末林钧作《樵隐诗话》云,见某县令擅诗,一时名士争相序跋品题,极称其人品之高,遂选其诗若干首入诗话。讵意此人后竟负巨赃而逃。林钧乃喟然而叹曰:"诗才与人品本属两途!"

达着他的内心；第三，文本能够如实地再现作者所要表达的意思。苟非如此，文就未必尽如其人。鉴于目前《诗品》作者尚在争讨之中，这个问题暂不具论。

质言之，"作者论"的本体观念虽有其合理之处，但它将一个复杂的问题简单化了。以当代阐释学的观点来看，对文本研究所致力的理论目标并不仅仅是为了界说作品意义的来源，而是要正视作品意义的特殊形态，后者的任务更艰巨、更必要，但"作者论"在这方面并未能提供什么答案。就目前而言，我们似乎不必将精力过多地集中在对作者的考证上，而应将《诗品》视为一个由它自身的逻辑决定的自足系统，无须过分依赖"作者论"的方法去说明它；也就是说，对文本的读解不仅仅是复现作者的原始意图，而是从语言、符号入手，抉发出隐含在文本深层结构中的"作品之谜"。从这里，我们或许可以看到传统"作者论"与西方阐释学、当代美学会通的前景。

## 二、关于《诗品》的作者及版本流传情况

尽管"作者论"有其严重的局限性，笔者亦不甚赞同将过多精力投注于此，但研究势头依然不减。作为《诗品》研究者，却不知著者为谁，"读其书不知其人可乎？"（孟子语）抱着这种"研究心态"的一大批学者孜孜矻矻，寻附绪于千载之后，矢志解开这一"文化之谜"。尤其是进入20世纪90年代，相关的论著日益增多，蔚为大观。论者大多围绕司空图的生平、

思想及创作方面而展开，已然成为近十年来学界的热门话题——这固然是《诗品》研究的进一步延伸与发展，同时也与《诗品》作者"辨伪"所引发的论争颇有干系。尤须一提的是，陈尚君、汪豪涌发表的《司空图〈二十四诗品〉辨伪》一文①，在学术界影响甚巨。该文主要提出以下几个重要观点：一是《二十四诗品》与司空图的诗论大相异趣；二是从司空图去世到明万历时期的七百年间，从未有人看到或引录过此书；三是按唐宋人习称近体诗一联为一韵，苏轼所说司空图"自列其诗之有得于文学之表者二十四韵"，当指司空图在《与李生论诗书》中列举的自家诗作二十四联，而非通常所认为的是指《二十四诗品》；四是《诗品》为明末人从《诗家一指》中析出后伪署司空图以行世，《诗家一指》的作者是明代景泰间在世的嘉兴人怀悦。

应当说，陈、汪二人上述论点是在长期研究的基础上提出的，且对长期以来习以为常的"司空图说"形成了一定冲击，不可小觑。自此，支持与反对者蜂起，聚讼纷纭，历经十年之久。下面笔者拟对此逐条予以论析。

## 1. 关于司空图的诗论与《诗品》的关系问题

司空图的诗论，主要体现在他的三种诗学书信《与王驾评

---

① 该文在1994年浙江新昌召开的唐代文学会与1995年江西南昌中国古代文论会上予以披露；此后，汪豪涌又发表《论〈二十四诗品〉与司空图诗论异趣》，载《复旦学报》，1996年第2期；《司空图论诗主旨新探——兼论其与〈二十四诗品〉的区别》，载《中国诗学》第5辑，南京大学出版社1997年版，旨在申足此说。

诗书》、《与极浦书》、《与李生论诗书》之中。目前，学术界大多认为司空图在中国诗学上的突出贡献体现为他所提出的"三外说"（"象外之象"、"韵外之致"、"味外之旨"），它构成了中国诗学的核心理论——意境说——的重要组成部分，对后代诗学产生了深远的影响。

"韵外之致"的美学内涵可用"近而不浮，远而不尽"涵括之。诗歌要用生动可感的意象（"韵内"）曲传性情，此即"近而不浮"；同时，又要含不尽之意见于言外，使人寻绎无穷，此即"远而不尽"（"韵外"）。而"韵外之致"的"味外之旨"的极致就是"醇美"之味。在《与李生论诗书》中，司空图将自己的"韵外之致"的"味外之旨"说归结为"全美为工"，即要求诗歌在通体韵味上的"醇美"。这种"醇美"，不惟存在于诗人自身的作品中，也存在于读者的审美体验中，这一点仅从司空图的"辨于味而可言诗"的提法中便可明了。宜当措意的是，司空图在此所强调的是"辨味"而不是"辨意"，这实际上是对读者的审美水平提出了更高要求，"辨意"可于"韵内"寻绎，而"辨味"却必须在"韵外"悟求，从这里，我们不难窥寻司空图与道家的深刻渊源，事实上，司空图在《诗品》中处处贯穿着他的"韵外之致"的思想，他本人无时不在自觉地追求着"韵外之致"的极致，这在"冲淡"、"含蓄"诸品中体现得尤为显豁（因后面将会详析，兹不具论）。

此外，还有一个来自司空图的重要文本，即《诗赋》，文字不多，却颇重要，兹引录如下："知非诗诗，未为奇奇。研昏炼爽，戛魄凄肌。神而不知，知而难状。挥之八垠，卷之万象。河浑沆清，放恣纵横。涛怒霆蹴，掀鳌倒鲸。镵空攫壁，峥冰掷戟。鼓煦呵春，霞溶露滴。邻女自嬉，补袖而舞。色丝屡空，绩以麻絇。鼠革丁丁，炘之则穴。蚁聚汲汲，积而成垤。上有日星，下有风雅。历诋自是，非吾心也。"作者在结撰过程中，似有陆机《文赋》之成法在。通观此赋，主要是对繁复的诗歌创作过程进行形象描绘，盛赞诗人心手之高及诗歌魅力之神奇，与《诗品》显然出于同一"杼轴"。尤其值得注意的是开首两句："知非诗诗，未为奇奇。"清人许印芳在其《诗法萃编》中所引与此有异，为"知道非诗，诗未为奇"，意谓知道了"道"并不是诗，这样的诗也算不上神奇(只有用"诗家语"表现出"韵外之致"、"味外之旨"才算得上是神奇的诗)，倘若此乃司空图的本意，那么，《诗赋》无疑可为司空图的诗论与《诗品》之关系的有力佐证。但鉴于目前有关《诗赋》的版本有异[1]，究以孰说为是，尚难定论，只好留待日后用志覃研。对此，张少康先生曾进行过细致入微的研究，其研究目标在于进一步在司空图的诗论与《诗品》之间寻绎出二者的共通处与理论上的一致性[2]，以证明《诗

---

[1] 杨慎《升庵诗话》卷四引作"自知非诗，诗未为奇"，并解释道："首句言'自知非诗'，乃是诗也；谓'未为奇'，乃是奇也；句法亦险怪。"杨氏所引以《四部丛刊》本《司空表圣文集》本为是，其解释亦与司空图原意相符，其意为：知非诗之诗，未为奇之奇。这倒与司空图《与李生论诗书》所说"真致所得，以格自奇"之意甚合。

[2] 参看张少康：《司空图及其诗论研究》，学苑出版社2005年版。

品》"有可能"是司空图所作。张先生的这种努力无疑是可贵的；即使目前尚不能对《诗品》作者问题进行"历史定位"，但也多少可以为此提供一些"内证"。

## 2. 关于从司空图去世到明万历时期的七百年间无人引录此书问题

《诗品》作为司空图的二十四首四言诗，并非一部论诗专著，故未以单行本问世；有关书志未予著录，亦在情理之中。据相关资料显示，《二十四诗品》的最早刊本大抵有三：一是吴永《续百川学海》本；二是毛晋《津逮秘书》本；三是宛委山堂刊一百二十卷《说郛》本。此三种皆成于明季，为丛书本[①]。

至于从司空图去世到明万历时期的七百年间无人引录此书的问题，殊难一言以断，它涉及司空图诗文集的版本和流传问题。如前所述，《诗品》在清以前一直无单行本传世，其原因非常复杂，此处不拟具论。据新旧《唐书》、晁公武《郡斋读书志》、《唐才子传》载，司空图编其文集《一鸣集》，计三十卷。据表圣光启三年（887年）文集自序云，其自编文集为《一

---

[①] 这一点，陈尚君、汪豪涌已著文论及，但明人贺复征曾编辑《文章辨体汇选》，是书卷四百三十九收录梁钟嵘《诗品序》及唐司空图《二十四诗品》，陈、汪文尚未提及。是书入清后仅存抄本，浙江巡抚采进收录入《四库全书》，现载于台湾影印版《四库全书》第1402—1410册。《四库提要》据书中贺复征自撰《道光和尚述》，知其于天启中曾入蜀，大约生活于明末。这则材料的重要性在于，它证明了司空图所著《二十四诗品》在明末已经得到社会的公认。

鸣前集》，"诗笔"均有。今本文集中《纪麟集述》一文作于天复二年（902年），作者声称于乾宁二年（895年）"自关畿窜浙上"时所作之诗亦皆载入前集，但今存文集、诗集均非其原编《一鸣集》。据新旧唐书、晁公武《郡斋读书志》、《唐才子传》等载，其《一鸣集》或文集，皆为三十卷。陈振孙《直斋书录解题》卷十六所记《一鸣集》十卷为"蜀本"，"但有杂著无诗，自有诗十卷别行"。卷十九又云："司空表圣十卷"，"别有全集，此集皆诗也"，则《全唐诗》谓"有《一鸣集》三十卷，内诗十卷"，当可信从（焦竑《国史经籍志》、钱谦益《绛云楼书目》均载有《一鸣集》三十卷）。自清初以后所载为文集十卷，另有诗集，不复有三十卷之记载，足见《一鸣集》三十卷本早在宋代就已鲜见，流传较广的是十卷本文集和十卷本诗集，但明代胡震亨编《唐音统签》时仅为五卷，恐在历时性的流播中多有散佚。

若从明末钱谦益所撰写的《邵幼青诗抄序》中所引司空图《二十四诗品》中"清奇"一品的文字看，钱氏所依据的版本与毛晋《津逮秘书》中《二十四诗品》的版本显然有所不同，由此推之，在明末钱谦益的绛云楼中，显然藏有司空图的三十卷本的《一鸣集》，考虑到绛云楼失火是在顺治七年，那么，钱谦益的引文显系三十卷的《一鸣集》。钱谦益的《绛云楼书目》现存四卷，陈景云注，一般的书目下卷数为陈景云注，但卷三唐文集类中的"司空图一鸣集三十卷"却是钱谦益原文而非陈景云注文，由此推之，绛云楼钱氏所藏，当为极其珍贵的宋元版本，殆无疑义。可惜的是，这个版本由于稀有，流传不广，较为流行的是十卷本的《一鸣集》，致使元明以来不少人无从了解有关《诗品》的真实情况。

　　澄清了这一点，对于理解《诗品》是否伪作的问题，作用綦巨。或许人们还会追问：《诗品》既然是一部重要的诗论著作，何以在司空图死后至明末长达七百余年间竟无人称引？其实，经过前面的一路考察，这个问题已不难从版本流传的角度加以理解。又，我们知道《诗品》只是对诗歌意境的一种生动形象的描绘，而非专论诗歌作法（清代袁枚在其《续诗品序》中慨其"只标妙境，未写苦心"，故特撰《续诗品》以说明作法）。加之用语古雅，旨趣幽渺，一般注重诗歌创作的论者往往并不将其当作诗论、诗话类著作对待[①]。又，由于司空图尚有不少直接论述诗歌创作的重要理论，如"味外之旨"、"韵外之致"、"思与境偕"、"景外之景，象外之象"等，完全可以概括《诗品》中所体现的创作思想，远比引用《诗品》更能清楚明白地说明问题。即以明代著名学者和诗论家胡震亨、许学秀为例，他们是曾引用过司空图的诗论的，也见过《诗品》，引用过《诗家一指》的某些内容，但并未引用过《诗品》。之所以如此，一方面与当时诗论家的审美取向有关，另一方面也与这一文本内容与表现特点有关。况且，"说有易，说无难"，也许明人确曾提及，你未能经眼；或许相关的记述早已散佚，你无从寓目，

---

[①] 但《诗品》毕竟以理论上的完整、缜密和系统化而日渐为世所重，这一点仅从它在明末后所受到的重视程度便可证明。

我们大可不必辽东白豕般地看待这一不算离奇的现象。

从这一悟解出发，我们不难理解胡应麟、胡震亨、许学夷三位明代重要的诗论家对《诗品》的态度。如前所述，《诗品》除《诗家一指》有收录外，并无单行本问世，在内容上又未及诗歌作法，加之《一鸣集》三十卷的失传，无人知晓其为司空图所作，以故，胡应麟未将其列入唐人诗话中，亦不足怪。胡震亨的情况亦与此大体相似。许学夷在《诗源辨体》中曾提到《诗家一指》中的《二十四诗品》，对其作者却懵然无知，但这显然不能成为否定司空图为《二十四诗品》作者的根据。

## 3. 关于二十四联与《诗品》的关系问题

关于宋代苏轼《书黄子思诗集后》一文中所指"二十四韵"，不少论者皆认定即为《二十四诗品》，陈、汪文章认为这是指其《与李生论诗书》中司空图自举其有"味外味"的二十四联诗，并拈举洪道《容斋随笔》卷十所说为证。王运熙先生在《〈二十四诗品〉真伪问题我见》一文中亦力赞此说，他认为："苏轼所谓二十四韵，肯定是说司空图摘引了他自己的两句一韵的二十四个例子。"祖保泉、陶礼天则持相反意见，认为："二十四韵实指二十四首诗，是每首从一个韵部中选字押韵的诗。作为苏轼对司空图诗味外之旨的体会，只有《二十四诗品》足以当之。"（《〈诗家一指〉与〈二十四诗品〉作者问题》）如果说苏轼此文所说是指《二十四诗品》，那么，其为司空图所作就断无问题。对此,学界尚有诸多争议。我个人认为,目前还不能简单地否定"二十四韵"即为《二十四诗品》,这一点,仅从苏轼"恨当时不识其妙"之语,便可略窥端倪。显然,苏轼在此所言之"妙",当系指《二十四诗品》,似无疑义。四川大学古籍所祝尚书先生所发现的宋人王晞《林湖遗稿序》,其中有"全十体,备四则,该二十四品,具一十九格"之说,虽然有学者怀疑其为伪作①,却并无十分确凿的材料根据;事实上,《林湖遗稿序》的真伪问题至今仍是一个悬案。倘若《林湖遗稿序》并非所谓伪作,那么,《二十四诗品》早在宋代就已然存在了。

又,陶珽重辑本《说郛》一百二十卷亦载有司空图《诗品》,而陶珽本始刻于万历后期,据王应昌顺治四年序,其"版毁于辛酉武林大火",辛酉为天放元年,故当早于毛晋的《津逮秘书》,所谓受毛晋跋语之影响,断无可能。此外,明末的《续百川学海》、《锦囊小史》、冯梦龙编的《唐人百家小说琐记家》等,也都收有司空图的《诗品》,在时间序列上,似乎亦早于毛晋的《津逮秘书》。现存明人贺复征所编的《文章辨体汇选》第四百三十九卷也收入《诗品》,赫然标明"唐司空图"著。据其所著《道光和尚述》,当为明代天放、崇祯年间人。虽然《四库提要》考其所述祖父官阶年月与实际不符,但是他作为明末

---

① 束景南先生《王晞〈林湖遗稿序〉与〈二十四诗品〉考辨》,载《中国诗学》第5辑,南京大学出版社1997年版。但束先生此文,其说文根据《诗家一指》是怀悦所作的错误说法,说此文是抄袭了怀悦《诗家一指》中"明十科,达四则,该二十四品",显然不含适,即或说是抄《诗家一指》,也是在先肯定是伪作而做出的结论。虽有一定道理,但多为据序中内容所作的推测。

人则断无问题。上述事实足以说明,在明末,便有不少学者皆认定《诗品》确系司空图所作。

刘倩、江照斌在前人研究的基础上,进一步从司空图论诗与《诗品》的关系着眼,断定二者确有重要的相通相同之处[2]。赵福坛认为宋人陈振孙《直斋书录题解》中言司空图"诗格尤非晚唐诸子所可望也",其中"诗格"即指《诗品》,藉此可证《诗品》出自司空图之手。

张国庆则采用微观研究的方式,具体考察了《司空表圣诗集》与《诗品》的内在关联以及二书在意象、意境营构方面存在密切关联的12项例证,同时还例举了两书共同使用的40多个词语,指出二书的某种"同源性"。张文还考察了《诗品》中出现的真实地名皆在中西部,更集中于晋陕一带,与司空图长期生活之地域高度契合,故得出如下结论:"两书间种种的扣合关联,出自两位作者偶然诗缘巧合的可能性很小,而出自同一位诗人手笔的可能性则要大得多",目前看来,司空图"仍是《诗品》作者的第一可能人选"。①

通过微观研究法对《诗品》作者进行研究的,颇不乏人。如张柏青便从比较《诗品》、晚唐诗、司空图诗、虞集诗的用韵特点入手,认为司空图诗在用韵上"与《诗品》完全一致:一是用韵较宽;二是韵脚分布广;三是韵例相同;四是体

---

① 可参看《〈二十四诗品〉:"非司空图作"驳议》,载《天津师范大学学报》1997年第6期;《〈诗品〉为司空图所作的可能性之一种探讨》,见《中国诗学》第6辑,南京大学出版社1999年版。

例相似；五是韵字较多。凡此证实《二十四诗品》确系晚唐诗人司空图所作。"[3]由此得出了如下结论：从纵的方面看，《诗品》用韵不同于宋词、元曲，而与唐诗、司空图的用韵相和；从同一韵系来看，《诗品》不同于按"平水韵"的虞集诗，而与按《切韵》韵部用韵的唐诗、司空图诗吻合无间。尤其是《诗品》用韵较宽，如《缜密》一品"支、脂、之、微"通押，与现存司空图诗赋的用韵特点完全相合。若从这一情况推断，《诗品》出自司空图的可能性最大[4]。

不过，依笔者之见，尽管考辨诗文的用韵情况可在一定程度上反映不同时代语音变化的特点，但也不能排除古代诗人用韵往往刻意模仿古人的倾向；也就是说，仅考察用韵并不能准确反映当时的语音特点。因此，考察用韵尽管有一定的科学性，但一般来说只能作为内证之一，而不能作为"铁证"。

### 4. 关于怀悦说

有论者认为，《诗品》为明末人从《诗家一指》中析出后伪署司空图以行世，《诗家一指》的作者是明代景泰间在世的嘉兴人怀悦。周裕锴对此"辨伪"说表示支持，指出："令人怀疑的是，司空图在其他文章中论述诗人风格时，竟然未使用《诗品》中的任何一品。"[5]此说一出，反响热烈，异声纷起。其中，窃以为较重要是张健与"辨伪"说争辩的文章[6]，该文在严密考证的基础上，得出怀悦断无作《诗家一指》的可能，因在怀悦出生以前,《诗家一指》的本子已然行世,《诗品》早已存在。明初的赵撝谦(1352—1379年)在《学范》中就引用过《诗家一指》。其书据永乐二年王惠刻本前洪武二十二年(1389年)郑真序,足证明初即有《诗家一指》。而怀悦所选《士林诗选》自刻于天顺五年(1461年),日本内阁文库藏朝鲜尹春年序怀悦编集《诗法源流》一卷,卷后有怀悦作于成化乙酉(1465年)的后序,足证怀悦此时尚存人世,故《诗家一指》及其所载《诗品》,断无怀悦所作之可能。

抑有进者,据张健和日本大山洁等人考证,载有《诗品》的《诗家一指》的产生年代至少可以提前到元代,且有多种版本收有《诗家一指》。在明初就有不同系统,如史潜《新编明贤诗法》本系统、诗法汇编本系统,后者又有杨成本系统和怀悦本系统。其后,杨成本又屡被编刻,计有《群公诗法》本(刻于正德年间)、《名家诗法》本(刻于嘉靖年间)、《诗法》和《诗法源流》合刊本(刻于嘉靖年间)、《名家诗法汇编》本(刻于万历年间)、《诗法大成》本(刻于万历年间)、《格致丛书》本(刻于万历年间)、《冰川诗式》本(刻于嘉靖年间)等,这足以表明,"万历以前无人见过《二十四诗品》"之说显然是站不住脚的。

又,据《四库全书》子部书画类中的卞永誉《式古堂书画汇考》卷二十五中所收明代祝允明的书法《枝指生书宋人品诗韵语集》,即为司空图的《诗品》。细观祝允明附于其后的跋语,当不难寻绎出祝氏及其友人当时并未认为作者为司空图,而认为是宋人品诗韵语。这则材料极具价值，至少可以说明，早在宋代《诗品》就已然行世，虽然"世不多见"。

顺带在此提一下虞集说。张健认为指出明初赵撝谦在《学苑》中引用过包括《诗品》在内的《诗家一指》，其时代早于怀悦七十余年，这一事实，足以否定怀悦作《诗家一指》的可能性[7]。据张先生考证，明初的怀悦、杨成与史潛分别据写本刊刻过《诗家一指》，并在后续的论文中细致梳理了明代诗格著作的流传情况。张健据史潛刻本《虞侍书诗法》以及文中"集之《一指》"的提法，断言《诗品》的作者很可能是元代的虞集。[8]

但遗憾的是，这一结论并不能令人信服。在此，仅拈举一例，《诗品》的"豪放"一品云："天风浪浪，海山苍苍。"所谓"海山"者，乃元武宗之名讳。仅此一端，即足证《诗品》绝非出自虞集之手。据相关资料显示，虞集出身名门，乃南宋名相虞允文四代孙，自幼饱读经书，封建礼教濡染甚深，很难想象他会在诗中直用当朝皇帝的名讳。诚然，元代避讳之严远逊宋金，故赵翼在《二十二史札记》中有所谓"元帝后皆不讳名"之说，但对一般士人来说，仍会依循惯例而避讳，这一点似无疑义。据《元史·程巨夫传》载："巨夫名文海，避武宗以字行。"足见"皆不讳名"之说是大可怀疑的。

通过以上论析，目前大致可以确定的是：未有确凿证据表明宋代以前的人见到过《诗品》，故对其作者持怀疑态度亦不无道理，但陈、汪文章中并无一条文献根据可以证实《诗品》

是伪作,大都是一些怀疑和推测,颇多武断之处,而且其中很多主要依据均已被否定。因此,在这方面若想取得突破,关键在于"内证"的搜寻,而不能仅止于"外证"。此外,将怀悦视为《诗品》的作者显然也站不住脚,至于认为元代虞集曾作《诗品》的可能性,也缺乏有力的直接证据。就目前来说,司空图仍最有可能是《诗品》的真正作者。①

## 三、《诗品》的主旨与价值依据

《诗品》作为一种诗论经典,其之所以是经典,就在于它意指自身并解释自身,它的真理内涵、美学特质作为一种客观存在,期待着读者的灵悟与之相遇并给予激活。我们的研究思路是,先找到一个能够涵括整个文本的主旨,然后进一步寻绎其价值依据、逻辑核心、结构原则及叙述模式、语言方式,最终整个对文本进行整体观照与宏观把握。下面,让我们回到《诗品》的文本本身,依次予以讨论。在讨论问题之前,笔者以为有必要强调以下两点:

1.《诗品》与古代的一般诗话,在体例、写法上颇有不同,这恐怕也是其不被后世诗论家所引录的重要原因。但笔者认为,

---

① 基于这一学术观点,同时也是出于行文方便,笔者在文中仍依旧例将司空图视为《诗品》的作者。

这也正是司空图的卓荦之处。事实上,司空图何尝不知其作品有悖于当时诗话创作的惯常体例与读者的阅读习惯,但他却故意制造了这种"奇异化"的文学效果,以使读者的阅读感受得到更新。从历史的视角看,诗歌史上的任何一次重大革新,目的都是为了更新读者的感受,打破那些窒息和麻木人们的阅读经验,并在读者的读解中获得"价值增殖"。从这个意义说,《诗品》无疑是"灵感"的产物;尽管如今我们对此已然"见惯不惊",但若回到司空图的时代,则是"无中生有"的大创新。这创新究竟从何而来?似与所谓"社会发展进程规律"无涉,说到底,它就是来自一种匪夷所思的"灵感"。

2. 对于一个具体的文本,过去的一个占有支配性的看法是,主题(即本文所谓的本旨)即寓于文本之中,是进行文本解读的关键;而这,正是过去人们研究《诗品》容易走进的一个误区。其实,主题从来就不是一个创作的事实,它只是一种在解读过程中被赋予的东西。易言之,主题只取决于文本客观上显示出来的东西,它既大于作者的意识,也大于读者的意识;它像是一面多棱镜,其不同的析面会对不同的读者发出光芒。长期以来,由于研究者们在文本读解过程中总是有意无意地确定下先验的前提,于是,抽绎隐藏于文本中的某种深刻意蕴,遂成为研究的重要方向。但由于研究者的主观性、类似索隐式的引申占据了压倒的地位,研究效果并不理想,其中的一个重要原因是作者所表达的是主体的审美感受与审美情感,而不是某种抽象的理念。事实上,任何一个研究者都不敢自诩通过对所谓"主题"的把握已然洞悉了文本的全部奥秘,已然穷尽了文本的所有可能性。对主题的阐释包涵着对作者的判断,能够带着丰富的共鸣去分析主题当然更好,但考虑到对《诗品》作者尚有争议这一事实,我们对《诗品》这个文本的主题性认识必须另辟途径,使主题分析在这个文本的各个部分得到充分证实,这一点必须在此阐明。

关于《诗品》的主旨或理论性质究竟为何,历来众说纷纭,相持不下。归而言之,目前大致有三种颇具代表性的意见:第一,"品评诗格说",认为它是对诗的审美风格进行系统描述(这种观点在上世纪70年代前后,占了上风,成为一种普遍的共识)[1];第二,认为是对"诗家功用"的概括与提炼,是对诗歌创作过程中各环节,如诗人的人生观、创作方法、诗之品题等问题的指导;[9]第三,"品评诗境说",认为《诗品》是对诗歌境界的描绘。如张少康先生就认为,"品"是指品格,二十四品就是二十四种不同艺术风貌的诗歌境界。[10]殷杰先生亦认为,司空图以人品来论诗品,二十四品就是二十四种不同的文学风格。在此认知基础上,不少论者进一步得出了《诗品》体现出司空图诗论中"思与境偕"、"象外之象,景外之景"和"味外之旨"的特点。[11]由此可见,对"品"的理解,实际

---

① 见罗根泽《中国文学批评史》,罗氏认为,《诗品》是以比喻的品题方法,对二十四种独立的诗境,提示其意趣,形容其风格;这种研究方法,早在魏晋六朝已启端绪。

上涉及论者对文本主题的理解,其中容涵着论者对文本进行归纳与概括后所给定的一种阐释。我个人认为,上述这类阐释,似与论者对《二十四诗品》的书名的理解大有干系。既然是"诗品",人们马上就会产生一种"成见"①——以为是对24种诗歌风格(或境界)的鉴赏;然后带着这种"成见"去读解文本。事实上,如果仅仅将《二十四诗品》作文学理论、创作风格论看,往往会感到隔膜、迷茫,甚至困惑。杨振纲就曾表达过他本人阅读此书后的真实感受:"本属错举,原无次第","表圣《诗品》发明作诗之旨详矣,然其间往往有不可解处,非后人之不能解,实其文之不可解也。亦非其文实不可解,乃其文究不可解也。读者便当领略大意,于不可解处以神遇而不以目击,自有一段活泼泼地栩栩于人心胸间。若字摘句解,又必滞于所行,不惟无益于己,且恐穿凿附会,失却作者苦心也。"[12]亦有论者认为"门户甚宽,不拘一格"(许印芳语),"品与品各别,

---

① "成见"一词历来皆具贬义,意味着先入为主,有失客观公允。其实,所谓理解,从来不可能是纯客观的活动。根据康德对人类认识活动的研究,先验论占有重要的位置。德国哲学阐释学创始人施莱尔马赫认为,成见是理解要依赖的东西,海德格尔甚至认为:"一切解释都活动在前已指出的'先'结构中。对领会有所助益的任何解释无不已经对有待解释的东西有所领会。"(《存在与时间》,生活·读书·新知三联书店1987年版,第186页)。所谓"先"结构,即指"成见",在海德格尔看来,它是一种理解的内在可能性。而"解释从来不是对先行给定的东西所作的无前提的把握"(《存在与时间》,生活·读书·新知三联书店1987年版,第184页)。那么,究竟应当如何对待"成见"呢?答案似乎只有一个,那就是,在阐释活动中意识到自己成见中的不合理部分并从事实本身出发清理成见,此即海德格尔所言:解释的最重要的任务是始终从事实本身出发清理先有、先见与先行把握。

原无相属之意"（王三德语）。

此外，还有的论者强调《诗品》是诗歌鉴赏论，也有的强调是诗歌创作论，还有的认为《诗品》是诗歌美学或诗歌哲学。

那么，究竟应当如何理解《诗品》的本旨呢？欲辨明此一问题，我们不妨先将文本放到它的"历史语境"中去。

从古代文论的话语系统来看，"品"字并不表示品格、风格，而是表示品第、品次。①

值得注意的是，司空图在创作《诗品》的过程中，对词语的使用往往逸出前人习用的范畴；在他的话语系统里，"品"只是标明一种境界、一种韵致，各"品"之间并无高下之判，轻重之分。正是基于这一点，刘熙载在《艺概·书概》就曾指出："司空表圣之《二十四诗品》，盖有益于书也，过于庾子慎之《书品》。盖庾《品》只为古人标次第，司空《品》足为己陶胸次也。此惟深于书而不狃于书者知之。"刘氏真乃具眼人也，眼光出牛背上，他看出了《诗品》不是表品第，而是"陶胸次"（即修道体道的感悟——笔者），其语义指向不是客体对象，而是作为主体"有益于书"的审美心理、审美经验与审美境界——这足以表明刘氏的识力确乎高人一筹。

关于《诗品》的主旨，除上述提及的几种外，近来又有不

---

① 在司空图之时，文论家们谈论文体风格，往往不用"品"来进行界定。如刘勰、皎然多用"体"，刘勰认为文学作品有典雅、远奥、精约、显附等8体，皎然认为诗歌有高、逸、贞、忠、节、志等19体。而李峤则好用"格"，如他的《评诗格》认为诗歌作品有形似、质气、情理等10格。作为理论范畴，"体"、"格"所指向的是对象的客观属性。

少学者提出新说，如有的学者借助接受美学理论，认为《诗品》是一种"审美的图式论"[13]。还有的学者提出《诗品》"是用形象化的方式所表述的艺术审美经验的 24 种基本类型"[14]。此外，也有学者从超越美学或诗学的视角入手，以西方浪漫诗歌研究中的重要概念——"瞬刻超越体验"为基点进行探讨，认为：《诗品》的后设反省方式集中沿承了魏晋以来中国诗歌所形成的独特的超越精神；《诗品》中的超越境界可因其宗教的哲学的意味之不同而分为凌虚遨游与静观玄默两类；在此两类中，"近而不浮，远而不尽"的当下本在式超越，在很大程度上代表了中国古典抒情诗独特的美学传统。[15]

上述这种人言人殊各执一说的现象，至少向我们表明：《诗品》作为一个文本的意义结构，具有一定的来自文本本身的张力；进一步说，一个严格的文本，都存在着一个作者所确认的、文本与读者之间相默契的某种文化对应关系，这种默契允许文本只是一个隽简的表述，而读者可以将文本中提出的各种问题，根据他的前理解得到解答。然而，由于这个潜在的前理解经过了一个较长的历史时期，对后来的接受者来说，应当不断地再次说出那些在当代已被遗忘的文本的潜在前提，但由于历时性的原因，这项工作困难重重疑窦丛生。

再者，由于《诗品》在文字和语法上的特殊性（如文字简古、高度诗化与浓缩；语法关系模糊不清），早已失去对其进行"历史定位"的"背景性因素"。因此，文本所包蕴的意义，犹如考古学家所面对的沉默的器物一样，具有多种可能性和不确定性。当然,我们还应指出,《诗品》作为一个文本,已然有了许多不同的著名学者所创造的注释;对于后来的解读者,那些已经完成的注释,既可以视为津梁(指出来自各种不同角度的可能性),但同时也构成了某种挑战。事实上,任何一个优秀的文本,都会被注释者纳入一个预先设定的为其解读策略所固定的框架之中;尽管如此,这个文本仍然具有一种固执地实现自身的活力,这种活力不断地表现出注释与文本可能出现的矛盾,最终导致一个更正确、更完整或一个完全重新开始的解释。

那么,《诗品》的本旨究竟是什么?我个人认为:其主旨其实就是一个"道"字。整个文本的展开也就是作者"体道"的过程。综观《诗品》,我们会产生一种强烈的印象,即作者对"道境"的追慕与向往。在《诗品》中,仅"道"一词便出现了7次,与"道"同义的还有"真体"、"真宰"、"妙机"、"太和"、"大用"、"天钧"、"天枢"、"自然"等。此外,《诗品》还频频出现"真"、"神"、"素"、"淡"、"幽"等与道家思想相关的词语及典故,这足以表明《诗品》作者与道家哲学的关系。

在《诗品》中反复出现的"境"的观念,虽形成于唐代诗论中,但它其实仍基于道家哲学,强调天"道"的超绝言象、无限之"大美",这正是诗"境"观的哲学根源。"境"是最为自由的审美想象状态,是人生境界诗化的极致。司空图的诗歌哲学以"道"为中心,既强调美的客观精神性,又强调审美的主观能动性,最终将诗歌创作归结为主客观的天然契合。所谓"道境"其实也正是"诗境"的极致。司空图从诗的哲学的视角出发,首次将对诗美的解悟与道家哲人对宇宙本体的体认相等同,这就将他的诗学置入一个宏伟的宇宙观的框架中。为了达至这种境界,司空图反复强调内心修养的重要性("饮真茹强,蓄素守中"),强调与自然元气、天地真气的和谐共振("俱似大道,妙契同尘"),强调与造化的妙契合一("与道俱往,著手成春"),强调潜心深入大道,直观把握天地万物内在的玄机,强调悠然忘我、泯然物化("惟性所宅,真取弗羁"),惟独对诗法略而不论①,个中玄机,如般若飞花,全赖读者自己去参悟。

"道"虽流贯天地,化育万物,却"微"、"希"、"夷",所谓:"道始生虚廓,虚廓生宇宙,宇宙生元气。"[16]"虚者万物之始也。"[17]诚如老子所言:"道之为物,惟恍惟惚。恍兮惚兮,其中有物。惚兮恍兮,其中有象。"显然,这个只有通过"内觉"去把握的本体,是无法用理性语言来描述的。缘此,"气"的出现,便大非偶然。张载尝谓:"太和所谓道,中涵、沉浮、升降、动静、相感之性,是生氤氲、相荡、胜负、屈伸之始。"[18]"气",在此已然成为道的载体,道的运行形式。似有似无,若隐若现。由此来体悟《诗品》中的"流动"一章,宜有会心。

---

① 司空图认为,诗歌创作并不存在固定不变的规则;根据某种教条制作出来的作品必然缺乏生气,无足观赏;因此,他对诗歌技法避而不谈,正是他的智慧。在司空图看来,这一切,对于一个体道者来说,似乎皆不在话下。

这就涉及中国文艺创作中的一个重要的审美原则：从氤氲到氤氲——即将弥散在意识中的氤氲之气迹化在墨楮上，复使文中之氤氲孕涵意识中之氤氲。流贯于诗境之中的运行不已、生生不息的"气"，遂成为融通物我的载体，而这，正是诗人生命本身悟道的样态，此时，诗人的心灵与宇宙万象互摄互映，达到一种天人合一的至境。这不禁使我们想起徐复观的一句名言："庄子之所谓'道'，落于人生之上乃是崇高的艺术精神。"[19]

通观《诗品》，"道"的思想对司空图的影响是深巨的。诚如他本人所言："众人皆察察，而我独昏昏。取信于老氏，大辩欲讷言。"[20]所谓"道"，按《庄子·大宗师》的解释，"夫道，有情有信，无为无形；可传而不可受，可得而不可见；自本自根，未有天地，自古以固存；神鬼神帝，生天生地；在太极之先而不为高，在六极之下不为深，先天地生而不为久，长于上古而不为老。"这种"莫见其形"、"莫论其功"的"道"，要求诗人必须保持童心和本真状态，独守真性，心无挂碍，进入虚静境界，才能达到明心见道的慧根洞识，于天地万物中见大诗意，大自在，孤历历活泼泼地"自性自足"——由此可见，司空图《诗品》的价值根据正在于人与"道"的浑然合一（即天人合一）。

基于这一悟解，我们不难进一步发现，在《诗品》中，作者似乎要着力解决这样一个理论问题，即作为文艺本体的"道"与"诗"的关系，如果将这一问题置于道家哲学背景下予以审视，宇宙万象皆美，文采炳蔚，根本无须借假外力；以故，刘勰在《文心雕龙·原道》中才一再强调文艺的道本体论的命题，他指出：

"夫玄黄色杂,方圆体分:日月迭璧,以垂丽天之象;山川焕绮,以铺理地之形,此盖道之文也。"又云:"旁及万品,动植皆文:龙凤以藻绘呈瑞,虎豹以炳蔚凝姿;云霞雕色,有逾画工之妙;草木贲华,无待锦匠之奇。夫岂外饰,盖自然耳。"在此认知基础上,刘勰进一步发问道:"夫以无识之物,郁然有彩,有心之器,其无文欤?"显然,在刘勰看来,"人文之元,肇自太极",太极是天地未分的那一片混沌的自然。至于人,乃"三才"(天地人)之一,"五行"(金木水火土)之秀,为"天地之心";对于普运周流、生机盎然的自然(包括天地、山川、草木、虫鱼、流泉、松涛,它们皆有"文"),能无灵心浚发的感悟?而"人文"正由此而生——总之,这种对"道"的体悟,正是一切文学艺术的价值源头与根据。明乎此,我们不妨再从"诗"的角度解析二者的关系。"道"作为天地的本真境界,其实与诗人的心灵境界是相通的;在司空图的视界里,"道"是美的本体,"诗"不外乎是对"道"的性质与特征的描述。具体到诗歌文本的操作层面,必须涉及文本究竟以什么样的方式展开对"道"的描述。在司空图看来,"道"在文本中往往呈显为一种"景象",而这种"景象"又往往与诗人的某种情感状态统一在一起,胶结难分;结果,"道"以"景象"为中介,使情感也成为"道"的一种样态。"道"与"情感"就这样达成了审美上的融合。在这样的理论认知基础上,司空图一方面从"道"的角度解说"诗境",一方面又借助"诗境"喻示某种情感特征与人生境界。所谓雄浑、自然、清奇、高古、飘逸、冲淡……这些诗品的命名,既是对体道者的感情状态与人生境界的描述,也是对诗境的品衡,同时又是对"道"的体悟方式,而这一切,皆有"道"本体的根据,——形而上的"道"与形而下的"情"就这样以"诗"为中介,联结为一个意蕴深厚、余味曲包的自足性文本。

作为诗人人格之外化的诗,不惟是音节、韵律、文字技巧等外在的皮相,更是"天地万象之至文也";本乎此,司空图认为,作诗的真正目的并不在于诗歌本身,而在于通过"诗",直观地把握天地万物的玄机。或言之,最完善的诗往往是从高人逸士的胸中自然流泻而出的;它不可祈求,不可强至,只有达到与自然元气、天地之道的和谐共振时,才会创造出与大自然妙合为一的诗境。为此,司空图强调:"超以象外,得其环中"(《诗品·雄浑》),"遇之匪深,既之愈稀,脱有形似,握手已违。"(《诗品·冲淡》)在"自然"一品中,作者以"俯拾即是,不取诸邻,俱道适往,着手成春"表明真正的诗境往往"不召而自来"、不可强求的道理;在"高古"一品中,作者以"虚伫神素,脱然畦封,黄庭在独,落落玄宗"阐发诗人内在修养的重要性。

文繁理富,昭晰互进,但《诗品》的本旨说到底其实只有一个,那就是强调他理想中的诗人("真人"、"幽人")所应有的气韵风神、思想境界;惟有如此,诗中才会有高境、至境出焉。

## 四、《诗品》的体系构架与结构原则

《诗品》究竟有无内在的体系?这一直是古今研究者所关

注的歧见迭出的问题。一种意见认为：《诗品》建立了"系统的诗的哲学"[21]，认同此说的，在此基础上又各有发挥，且颇多胜解，如赵盛德认为："《诗品》的理论系统是一种客观存在"，"在母系统'冲淡之美'的统率下，派生出来三个子系统——自然之美、典雅之美、雄浑之美。"总之，"它是一个多层次的有机整体"。[22] 杜黎均认为，《诗品》并无有形的布局和固定的次序，但却贯穿着"几条无形的理论的线"，可称作"潜在的理论体系"。这一体系有四个理论支柱，即真切论、自然论、余味论、神态论。[23] 还有的学者盛赞《诗品》是一部"中国美学体系生著作的最光辉的代表"。[24]

但亦有不少学者持完全相反的意见，认为《诗品》根本不是一部有系统的风格论，"没有它自己的理论体系"，"只是二十四首诗的集合体"。[25]

那么，《诗品》究竟有无内在的体系。我个人的回答是肯定的。这种体系就隐涵在《诗品》的结构原则中。如果细加寻绎，我们不难发现《诗品》的结构原则——

《诗品》的二十四章既互相联系，又层层深入，构成一个精神上的同心圆。从总体上看，《诗品》以"雄浑"始，以"流动"终，显然是采用了以天地为纲的宏大结构。

首品"雄浑"，次品"冲淡"，其排列则以乾坤（阴阳）为开端的；而"二十四品"的品目之间亦并非各不相关，而是以象征道家天道观念的二十四气为线索，将一系列现象学审美范畴贯穿起来。《二十四诗品》象征天地之四时，四时运转，生生不息，其整个内在体系就是天、地、人、文。

诗人的感受在不同层次上展开，却又归于同一圆心：道。具言之，二十四品所表现的，皆为作者对"道"的体悟与感受。由于"道"具有"折折乎如在于侧，忽忽乎如将不得，渺渺乎如穷无极……冥冥乎不见其形，淫淫乎与我俱生"[26]的特点，作者采用了挢实为虚的表达方式，尽量使语言的表述功能转化为难以言传但可领悟的感受功能，通过意象的创造、意境的建构、结构的规约，不断地扩张着"道"的内涵，并使每一个局部都形成新的、更丰富的隐喻，这就是二十四品的特殊魅力。纵观《诗品》，感性、灵悟、妙思，无疑是《诗品》这一优秀文本的生成要素。

《诗品》既无条分缕析的理论阐述，也没有严密周匝的逻辑推理——它所遵循的是诗性逻辑。《诗品》的卓荦，不仅在于它创造了一系列与"道"境相契合的意象，更在于它完成了一个既矛盾运动（内部各部分）又和谐静止（外部整体）、既对立（阴、阳）又互补（阴阳）、既有限（形式）又无限（内涵）——以有限把握无限的立体"框架"的文本建构。而中文象形文字的高度视觉化和隐喻性，更强化了一种诗意氤氲的效果，一种大气斡旋的流动感。在这里，动与静、张与驰、疾与徐，在在呼应了一个体"道"之人内心（或曰"内宇宙"）中的正常节奏。

要之，作为全书体系构架的"道"，在司空图的笔下，已完全融入一组组意象，一个个句子，司空图赋予语言一种通过

"伪陈述"来形成某种意念与心境的成形能力,从而减少了直抒胸臆的方式——通过这种文本建构,使得对"道"的体悟这一看似玄秘的精神现获得了活生生的、自然现象般的感觉;或者竟可以说,成了作者阐述智慧的最佳方式。因此,你说它"摹神取象"[27]也好,说它"指事类形,罕譬而喻,寄兴无端,涉笔成趣"[28]也罢,反正皆与作者的"心理图式"相契合,并在二者的交融互摄中完成了"道"与"诗"的最瑰奇的会合。对此,或许清人王飞鹗的一段话,颇能洞中窍要,他说:"《诗品》贵悟不贵解,解其字句,乃皮相也。成诵于口,领会于心,时有一种活泼之趣,流露于意言之表,不必沾沾求解也。"[29]王氏此语,倒不失为对那些胶柱鼓瑟的饾饤酸儒的一种警示。

行文至此,窃以为已经阐明了《诗品》的结构原则问题;但问题还有更复杂的一面,也是我们所不能回避的,即:"道"的形态是"混沌"纯一的,"其上不皦,其下不昧,绳绳不可名,复归于无物。是谓无状之状,无物之象,是谓惚恍"(《道德经·十四章》),而情感则是多样性的,从某种意义上说,"道"与"诗"分属两个领域,它们只是与人的"存在"有着某种本质关联,那么,此二者之间究竟能否实现真正的统一呢?要辨明此一问题,仍必须着眼于各品之间的关系及贯穿各品的结构原则。

《诗品》中各品之间,都具有阴阳相生的"动"感,意象之间的跳跃变化,以一种"生气远出"的情思链接,创造了弘大而浑然的道境,使人强烈感受到"道"在生命中的回荡奔突。由于司空图始终注重从"道"的角度解说诗境,又不断地将这种诗境具象化,并藉此突显出某种情感特征与人生境界,故《诗品》的各品,既分别从不同的角度揭示出"道"的某种样态,又分别对应着体道者的某种情态,"道"与"情"在司空图那里,不复是用理性化的方式,而是运用"心灵化"的思维方式——具体地说,是运用"象外之象,景外之景"、"味外之味,韵外之致"的思维方式完成了二者的统一。这个过程,是对情绪记忆与图象记忆的唤起、选择和类比联想,是对作者所体悟到的诗境的一种整体的弹性把握。总之,一部《诗品》正是"性灵所钟"的司空图体道之后畅然而游的一种超妙境界,是参道之后"心生而言立,言立而文明"的动态过程,一种道的虚实相生的生成,所谓"神思"、"认知"、"游心"、"造境",所谓"象外之象"、"味外之味"、"境外之境",在此皆归结为一种体悟——对"道"的体悟。核心只此一个,而具体样态却呈现为二十四品,每一品都分别对应着道的某种样态与体道者的情感样态,合而观之,颇像一个完整的意识活动的流程,它虽似有"散点透视"的特征,却较那种结构化的表达拥有着更为丰赡的东西,更容易让我们看到作者意识之流所泛起的各种扑朔迷离的浪花、波涛……这种看似非范式非结构化的自由意识流式的表达,却分明有着有机生成的内在联系,浓缩了一部意识流发展的心史——这便是《诗品》的深层结构。

## 五、《诗品》的叙述模式与言说方式

在《诗品》中,存在着一个值得重视的共同特点,即,其文本中内部结构可分为"自然三界",分别为:外视、内视、灵视。与其分别对应的是:表层意象(第一自然),内在意象(第二自然),最后由二者所生发出的作者的精神意象(第三自然)。在文本的具体操作过程中,作者所要解决的最大问题是构形,即把从母题中所获得的启示和作者的灵智活动的结果显现为语言符号的构成,从而使其趋向于被言说和被看见,文本也因之获得无限丰富的存在。在这个过程中,不管作者是否自觉地意识到,那个(贯穿始终)的逻辑核心作为一个潜在目标始终隐藏在文本中,并规定着文本内部的叙述模式;反过来说,如果文本没有给出这样一种叙述模式,理解便无从进行。而就读解活动而言,寻找隐涵在文本的叙述模式,是与对词语符号的填充(亦即胡塞尔所谓的"意义充实")同时进行的;所谓读解,首先要确立的是文本意义之间的一种合理的、具有整体性价值的叙述模式,这是贯通文本意义的先决条件。具体到《诗品》,我们通过读解,发现这一文本是由以下两种模式展开的:一、总论——兴象——推阐。总论是每一品在开首时先对某一诗品进行总体论述,而这种论述总是与对"道"的某种性状与作者的某种体悟绾结在一起。在这个基础上,意象之轮开始转动起来,作者"兴象"以寄情;就是说,通过"兴象"将自己的某种"自适"的感情以"品诗"的方式抒写出来。"道"的虚涵灵奇似乎也神助着作者才情的浚发。由于这一部分的意象太繁富,诗意也太丰盈,以致人们不得不向作者索要广阔的诗境和样态各异的风格。如"疏野"一品:

> 惟性所宅，真取弗羁。控物自富，与率为期。
> 筑室松下，脱帽看诗。但知旦暮，不辨何时。
> 倘然适意，岂必有为。若其天放，如是得之。

前四句为"总论"，是对"疏野"这一诗品的概括性描述，这种描述总是紧扣"道"的某种突出性质；接下来便通过"景语"进行类比性的描述，意象与意象之间的能指与"总论"部分构成一种深度的契合，或暗示或点明或比喻或象征所要揭示的题旨，最后是推阐，即对前面所展开的意象内涵予以点化，或对文本中所关涉的题旨加以升发。这部分"曲终奏雅"的内容不无流入论宗的危险，但这种危险总是被来自文本的诗意结构和诗歌语言本身的魅力化解了。在《诗品》中，这类叙述模式占了绝大多数。

《诗品》的第二种模式是省略掉第一部分的"总论"，只以"兴象——推阐"的方式进行文本建构。如"清奇"：

> 娟娟群松，下有漪流。晴雪满汀，隔溪渔舟。
> 可人如玉，步屟寻幽。载瞻载止，空碧悠悠。
> 神出古异，澹不可收。如月之曙，如气之秋。

前面十句皆是以意象方式对"清奇"之境的描述，后两句则是以意象之语对"清奇"一品的再推阐。

以上两种模式虽然在表层结构上有所不同，但在情感—意义—价值三维度组成的深层结构上却极为相似。这就使我们进一步认识到：意象的构成，实乃直觉、思想和想象的创造力三者的结合，而这三者通过"结构"的作用，则会使意象的效果深化，获得更加广阔、深远的智性空间。从这个意义上说，"清奇"、"疏野"二品中的每一个意象，都不是简单的堆加，而是具有明确的指向性——指向作者的大道之游或"与道俱往"的精神意向。抽象、意象与语言之间的联接是作者原创意识的直接呈现，具有丰富的感知弹性。它以独特的意象符号系统结构的存在成为自足的实体，构成另一个现实。由于文本中的核心意象的强大聚合力所造成的深度化语境，读者不会孤立、片面、狭隘地理解"诗品"，而是从更广更深的哲学层面上来予以解悟，这种解悟又始终与飞扬的想象、醉人心魄的审美快感相伴随，于是，文本所展开的各种意兴、意象、韵致，皆在"道"这一核心的统摄下得到归纳与阐明，并由此凝结成一个自出机杼的叙述模式与完整的理论体系。

下面谈言说方式。

如前所述，《诗品》的本旨即是对"道"的体悟。在老庄的语境中，诸凡悟道之人，皆为所谓"忘言"之人。"言者所以在意，得意而忘言。吾安得夫忘言之人而与之言哉！"（《庄子·外物》）这表明庄子所期盼的知音，正是这种"忘言之人"。依我之见，这种"忘言之人"必须具备以下这样一个绝对的条件：即摒弃逻辑分析的思维与表述方式，"知者不言，言者不智"（《道德经·五十六章》），此之谓也。对此，老子还强调要"涤除玄览"（《道德经·十章》），要"致虚极，守静笃。万物并作,吾以观复"(《道德经·十六章》)。而庄子则有更进一步的创发——

> 故知止其所不知,至矣。孰知不言之辩、不道之道?若有能知,此之谓天府。注焉而不满,酌焉而不竭,而不知其所由来,此之谓葆光。(《庄子·齐物论》)
>
> 若一志,无听之以耳而听之以心,无听之以心而听之以气。耳止于听,心止于符。气也者,虚而待物者也。唯道集虚。虚者,心斋也。(《庄子·人间世》)

收拢感官,无思无虑,勿向外张驰,虚而待物,注重从形而下之物到形而上之道的直接体认,这种思维方式,被庄子谓为"目击而道存"(《庄子·田子方》)。由于这种思维方式摒弃了那种惟理性是尚的观察分析,完全以一种"体尽无穷而游无朕"的心态体悟大道的普运周流,故庄子又称之为"神遇",且屡名之曰"体"。

人愈是深入地体悟"道",也就愈是能够深入地体验自我,也就同时体验着一个更丰富的世界。这种超逾常人的能力,美国当代文艺心理学家西尔瓦诺·阿瑞提将这种根植于心灵深处的那片氤氲浑沌的潜意识团块,称为"内觉",他对此解释道——

> 有时候内觉似乎完全不能被意识到,有的时候一个人会把内觉当成是感受到了一种气氛、一种意象、一种不可分解或不能用语词表达的"整体"体验—— 一种相似于弗

洛伊德所说的"无边无际"感受，有的时候，内觉这种还未达到意识水平的阀下体验和那种模糊的、原始的情感之间没有什么明显的界线，而有的时候内觉伴随着强烈的但不能用言语表达的情绪感受。[30]

阿瑞提所描绘的"内觉"，颇似老庄所说的"无思无虑"、"坐忘"。

但从文本操作的层面看，有无"内觉"是一回事，能否表达这种"内觉"则又是一回事。或言之，"体道"是一回事，对此予以"言说"则又是另一回事。将问题进一步归纳，即，对"道"的体悟究竟能否"言说"呢？在老庄看来，"道"即宇宙本体，浑然无迹而化育万有，寂然无为而无所不为。正是基于"道"的上述特征，老庄一再强调"道不当名"、"大道不称"的观念——

> 道可道，非常道；名可名，非常名。(《道德经·第一章》)
> 道常无名，朴。(《道德经·三十二章》)
> 道之为名，所假而行。(《庄子·则阳》)

所谓"名"，即名称，亦指概念。"道"作为我国古代哲学的重要范畴，其所指内涵极为丰富，就"道"的原始涵义而言，所指述的是形而下的道路。许慎《说文》："道，所行道也。"后来此意被引申为抽象的规律、道德、准则、道路等。而老子则更强调了"道"的深奥性与神秘性，老子认为，"道"是不能命名、不能用概念化的语言描述的。为了"可道",我们有时不得不使用"道"这种字眼,这其实只是一种不得已而为之的假借的称谓。在老庄看来,"道不可闻,闻而非也;道不可见,见而非也;道不可言,言而非也。知形形之不形乎?道不当名。"(《庄子·知北游》)这也就是说,那些可传达的,大多是表面的、肤浅的、有限的,而最深刻、最本质的东西则不可传达;作为一种形而上的、超验的本体,"道"一经用与逻辑认知相对应的概念性语言道出,便不是本真的"道"了。这里面,似乎隐含着一种贬低理性认知的意味,但对防止思想认知的僵化和抵制理性至上主义,却是极为有益的。

要之,"道"的这种不可传达性,颇似禅宗的"不说破",这一原则在司空图那里得到了积极的贯彻。司空图在《诗品》中频频使用"妙不自寻"、"岂必有为"、"似有形似,握手已违"、"不着一字,尽得风流"、"语不欲犯,思不欲痴"等语,显然不是针对所谓"诗歌风格"而言,而是关乎"道"的体悟方式。司空图以一种类似禅宗的意象化的言说方式,将人们导向隐喻、象征的方向,即所谓的"文字禅"。对此,我们不妨具体而言——

从具体的文本操作层面看,"境"无论如何空灵高妙,皆不能离逸于"言";或者说,离不开化虚为实的意象(这也正是意象批评,发展成为我国古代文论中的一个重要传统的原因)。用意象化的语言最大限度地发挥语言的暗示功能与象征功能,是创作者的主体定性,它主要体现为作者在文本中所表现出的精神向度与美学倾向。揽读《诗品》,我们会强烈地感受到,司空图始终注重通过象征这一具有高度表现力的美感客体去展示人类能动的精神生活，在这一点上，他始终具有一种高度的自觉。在司空图看来，有形的现实世界仅仅是符号形式，它们遮蔽了一个隐秘的世界。司空图试图以个体敏感性把握巨大的"道"的精神，藉以倾力领会人的存在的终极意义。这种主体的精神向度决定了他最终选择了意象化（象征）这样一个富有高度表现力的美感客体。

"意象欲出，造化已奇"，司空图在"缜密"一品中，试图说明意象在将出未出之际，即自觉的知觉表象刚刚形成时，便已具备自然造化的神韵。"似有真迹，如不可知"（"缜密"），在意象初呈之时，审美主体与客体的界限倏然泯灭，正是意象的这种瞬间复合功能，使有限的语言形式中蕴含无限丰富意义成为可能，这大概也就是司空图对意象格外垂青的原因。

不惟如此，意象还具有描述隐喻与强化诗质的功能。在司空图那里，"诗"借助意象而成为"道"的存在的本质性表达，"道"即以诗来说其"不可说"；另一方面，道境即是诗情，诗情便是道的存在表征，故"道"的本体在司空图笔下相应地表现为"诗意"。借助于"诗"，"道"呈现出一个无限大的审美的立体空间，体道者在此往复游弋，意兴益然。如"豪放"一品：

天风浪浪，海山苍苍，真力弥满，万象在旁。

如果说，个体生命的外在形态在儒家表现为"参赞化育，内圣外王"，在道家则表现为"前招三辰"、"晓策六鳌"的"羽

化登仙"。再请看"自然"一品:

> 俯拾即是,不取诸邻。俱道适往,着手成春。
> 如逢花开,如瞻岁新。
> 真与不夺,强得易贫。
> 幽人空山,过雨采苹。薄言情悟,悠悠天钧。

悠悠野兴日长,使烟霞泉壑、冷岫孤云常驻于体道者的性灵,当其一旦感悟到诗境而使身心俱化于道的氛围,杂念自消,而被"疏瀹"的五藏,被"澡雪"的精神自觉如清风朗月般透明,如流泉行云般悠闲时,任何一种意义都显得无迹可求,你只是陶醉于万象皆备于我的道境中:

> 金樽酒满,伴客弹琴。取之自足,良殚美襟。(《诗品·绮丽》)
> 
> 清涧之曲,碧松之阴。一客荷樵,一客听琴。情性所至,妙不自寻。(《诗品·实境》)
> 
> 白云初晴,幽鸟相逐。眠琴绿阴,上有飞瀑。落花无言,人淡如菊。(《诗品·典雅》)

司空图似乎非常偏爱"弹琴"的意象,诗人似乎是将大道之行的宇宙视作一架琴瑟,而他自己则要在这架琴瑟上弹拨出一声清越、圆润的逸响,自灵府传向天地之心……从表情效果来看,它充满的更多是"心凝形释,与万化冥合"的诗意光辉。"弹

琴"的意象在此不仅具有描述隐喻的功能,而且增强了诗的感觉功能,使意象语言直接转化为感知表象。再如"含蓄"一品:

不着一字,尽得风流。语不涉已,若不堪忧。

这不禁使我们再次想起"琴"的意象。据《晋书·孙登传》载:"好读《易》,抚一弦琴。"《古琴疏》亦载:"孙登鼓一弦之琴,五音俱备。"待到陶渊明,则发展为"蓄无弦琴一张,每适酒,辄抚弄以寄意"(萧统《陶渊明传》)。

然而,清音有余,终有迹象,既执此象,便难解脱,又怎能体兼众妙而蕴含万有呢?明乎此,我们便不难解悟"不着一字,尽得风流"的体道风怀与抚无弦之琴以寄意的超越意识了。不少人以为"不着一字",正是谓涵盖万有,殊不知所谓"涵盖万有"乃就体道者"以道观之"的"势"而言,非其实能也。惟其无实在迹象可求,故能"尽得风流"。——要之,"不着一字"的虚静空灵状态,无疑是体道者审美想象得以自由展开的最佳契机;正因为有着"尽得风流"的高致,才执著于虚静心境,并使之与相应的感觉兴象相融洽而达成"澄淡"之境。如果我们将通过意象并置所生发出的第三种意义称之为"象外之象,景外之景"、"韵外之致"、"味外之旨",那么,这一切皆源发于"包括宇宙,总览万物,斯乃得之于内,不可得而知"的"赋家之心"。[31] 我们不妨将司空图的这种"体道",视为一种审美体验,其丰富性、虚灵性与无限性,显然是概念化的语言所无法描述的。这种"体验",大似马斯洛所称的"高峰体验"——"这种体验是瞬间产生的、压倒一切的敬畏精神,也可能是转眼即逝的极度强烈的幸福感,或甚至是欣喜若狂、如醉如痴、欢乐至极的感觉"。[32]写至此,笔者忽然想起庄子所言"古之人在混茫之中",这是"道境"与"诗境"在生命个体身上相融合的一种化生合成,是人生境界的充分诗化。诚如英国诗人柯勒律治所言——

> 艺术的目的是把全部给予人;因此,自然的每一阶段有它的理想,因此也就有逐步上升到和谐了的混沌的完美形式这个顶点的可能性。[33]

这种"和谐了的混沌的完美形式",完全可以用来训释司空图所表达的"道境"。通过意象化的言说方式到达无限,故被称为"顶点"。就个体生命而言,只有这种"道境"才能给人以"全部",并赋予这种"全部"以"混沌的完美形式"。

为进一步申足此旨,我们不妨从象征这一具有高度艺术表现力的美感符号入手予以探究。

所谓语言,是作者从事文本操作的直接现实,作为对精神的形象表现的语言符号,在本质上是对不可表达之物的表达。为使语言最大限度地摆脱窘境,必须最有效地开拓语言符号的"能指——内涵"和"所指——广延"的功能,使得自为语义具有无穷深度化的效果,方能接近那个"由道返气"的精神本体。而象征的运用,无疑是支撑着整个文本意义系统的重要层面。

## 1. 对自在表象的穿透

诗歌的意象化语言不仅具有"能指——内涵",即纵向深层的穿透力,同时具有"所指——广延",即横向的广延力。前者的象征性,使自为语义具有无限深度化的可能,可以说是对某种不可表达之物的表达,后者作为语言符号与作者企图最大限度地表达精神对象而成为自主客体所显示的能动性。这种象征性意象的自为的展开,是因为它唤起了超越知觉表象的深度性。因此,意象的本原功能是意味性的,而不是指谓性的;是暗示性的,而不是描述(陈说)性的。作为一个双重的客体,象征性意象本身具有的强大穿透力表现为它能够越过文本中的"所指——内涵"而导向一个更广大的虚境。如"形容"一品:

绝伫灵素,少回清真。如觅水影,如写阳春。
风云变态,花草精神。海之波澜,山之嶙峋。俱似大道,妙契同尘。离形得似,庶几斯人。

诗中的"风云"、"花草"、"海"、"山",既是实象,又被作者作了虚化的处理而成为"道"的化身,强大的象征意义穿透了这些表象,一种"妙契同尘"的道家味在文本中弥漫开来,生成为一种自为语义的深层意境。

## 2. 文本题旨的"深度化效果"

(1) 语义的深度化。由于象征对自在表象的强大穿透功能，必然会深化、提升文本的题旨。如"委曲"一品中的各个意象，单个看来，若无奇警；连贯起来，方见波澜。如"太行"、"深玉"、"花香"、"水理"、"鹏风"诸意象，皆为透明度很高的自在表象，但又有其特定的象征意义，若"以道观之"，各个意象立即显示出语义的复杂与深邃。

（2）语境的深度化。所谓语境，是指上下文的意义系统按特定的联接关系所呈现的语义环境。语境构成特定的意境。象征意义的破译，往往要联系上下文。由于象征所具有的复杂性与多义性，不能用逻辑关系来阐释，它只在作者的经验世界里并存，极其复杂的玄理思辨与意义孕涵，使我们仅仅能够领悟到语境的深刻性却难于用概念化的语言进行条分缕析。如"高古"、"洗炼"、"飘逸"等品。

（3）空间的深度化。从总体上看，《诗品》所呈示出的，是一个充满巨大弹性与张力的智性空间；这个空间中的各个意象所透发的丰厚意蕴，很难与我们的感觉经验重合，它实际上是一个超验的世界。《诗品》中各个意象之间的有机性及其象征性，不断地把我们引入一个深度化的、令人寻绎不尽的空间。在这一空间里，意象化语言形式始终与作者的生命体验之"根本诗意"相融合，本质地吻合着作者对"道"的体验与认识。《诗品》这一文本，通过意象的象征功能，抵达了作者所倾心的"道境"。而作者却在这个深度化的空间中隐身，成为文本中的"真人"或"幽人"。《诗品》就是这样，在全面敞开由象征意象建构的深度化的"空间"时，全面敞开了一个人精神体验的可能性。"空间"，在被象征意象充实后，变得丰盈而直感。

### 3. 强大的诗性聚合功能

象征作为人类对存在世界的诗意的领会方式，其本身具有的强大的诗性聚合功能，它确立着文本的情感向度，支配着文本中各个意象共同建立起一个具体的情感模式，从而构成深邃的表现动机。在《诗品》中频频出现"奇花初胎"、"明漪绝底"、"水流花开"、"清露未晞"这类意象，司空图一方面极力发挥"语象""所指"的构型功能，使"道"境化现出极具生命活力的流动的画面，一方面又努力使其内涵的弹性包容着说明性、陈述性、假设性与象征性以一切感觉，令读者徜徉其间的巨大的立体空间，值得注意的是，象征手法的巧妙运用，使词语在一般语境下的语法功能、表义功能弱化了，而意象本身的象征功能被突出出来，这样，《诗品》中文学的哲学意味便从最小的语言单位和最初的话语层面开始，与公众化、符号化的语言分道扬镳。如：

前招三辰，后引凤凰；晓策六鳌，濯足扶桑。

当作为"深层结构"中"块状"因子的印象以意象语的形态直接呈现时，其"意指"已在一个宽泛的范围内显现，我们不会坐实地将"三辰"、"扶桑"理解为"日、月、星"及日出之所，而只是将其理解为"万象之显且大者"，只是由于语法的逻辑关系模糊，时空关系不明确，意义相对较为朦胧，而这正是"诗家语"所追求的效果。反过来说，语法关系愈是精确，语序愈是整饬,愈会使文本呈现出的世界"变形",离作者思维本初的那种原貌也就愈远——而司空图所着力恢复的,正是他所体验并期望传达给读者的那个"道境"。

如果从总体上着眼,《诗品》中各品的意象之间,皆造成一种持续的情绪向度,形成了一种精神意向中心,开拓出一个可以感知却又难以穷尽的巨大的立体化的审美空间。从这个意义上说,《诗品》中的意象,只有成为象征性的时候,它才有可能接近"道"——那个令作者追慕不已的本体;也正是藉助象征的那种强大的诗性聚合功能,我们才能领悟到那个"玄之又玄"的"道"。

## 六、重新读解《诗品》的当下意义

《诗品》自问世以来,一直受到人们的广泛重视。但长期以来,由于人们不约而同地从诗学、美学、文艺学等角度对其纯文本化的研究,从而忽略了《诗品》巨大的哲学内蕴与经典价值。而我们的研究目标,则并不仅仅是"揽营魄以探兹"地以期"得秉笔人之本意",更是为了抉发孕涵于文本之中的巨大的思想文化资源,并被当代意识所照亮,进而对我们当下的价值理想追寻提供有益的参照。下面我们将从三个方面加以阐述。

## 1. "以道观之",在当下"诗意地栖居"

一部中国文化心态史,其实根本无法以一些哲学概念来涵盖,我们愈是深入《诗品》的文本世界中,愈是能深切感受到司空图"以道观之"的思维特征,即对感受性体验的偏好,进而发展为对灵悟的重视。在人生感受的层面上,司空图似乎更崇尚"任性灵而直往,保无用以得闲"、"浊酒一杯,弹琴一曲"的生命样态;庄子的"游"说,在司空图身上,带有一种只可神会无从附着的形而上性质。

可是,在当今以消费文化为特征的物质文化大肆膨胀的生存境域中,道家的流风可谓消歇已久,诗意的空气目前已变得十分稀薄,文学,特别是诗歌在主流文化中被边缘化、无形化。人们钟情于网络中的虚拟世界,而日益恝置于那个无限美妙的诗意世界,尤其是迅猛发展的科技革命,以涡轮、轴承将人心安置在那架开足了马力的机器上飞转,现实的"角色定位",更驱使着人们纷纷不约而同地强化着自己作为"经济人"的"趋利"本能,全球化、科学化、规范化、后工业流水线思维,就像制造电脑与机器人一样,塑造着新新人类,人的感情只能任其在浑浊的葡萄酒里浸泡,浮躁而夸诞的当代人,似乎已经很难单凭它自己的定力回转到那花枝春满、天心月圆的诗意境界……

正因如此,以体"道"为核心内容的《诗品》,其意义也就显得非同寻常!

《诗品》经过历史本身的积淀与人文阐释的推导,已然凝结为一个极富中国特色的人生、艺术理念的经典文本，在那里，逸兴与神思，诗心与道心，交织成一派奇伟瑰异、浪漫绚丽的审美风景线；在那里，几乎透明的道境被作者象征性地提纯为一尘不染的意象的瑰丽云团；在那里，司空图将富有哲学深度的人生理念与诗意的通脱透彻，融合为一，契密无间。如果我们不能自觉地走近这一片诗意的天地，那只能说明我们对人生意义的追求是有着相当缺陷的。可惜的是，这一切，对于今天的人们来说，已然成为一种稀缺的精神能源。为使生命之树常青，使灵智的心灵的源头活水永不干涸，我们不能失弃司空图所恪守的那种注重"体道"的精神传统，不能再沿袭长期以来褊狭的"《诗品》研究"程式，而必须以当代人文化视野与人文情怀，与《诗品》建立起一种新型的对话关系。试想，在物欲汹汹的时下，究竟有多少作品能让我们感知爱、智慧、信仰与自由，让我们感到生命的深刻肯定性，创作者富有激情与灵悟的主体性，其观照万物的睿智、超常的澄澈目光，其神性与诗性、爱欲与痛苦，其对"大道"的真切体验与接近……

当我们的这些精神吁求纷纷落空于当下文苑时，一部"理无微而弗纶"的《诗品》却为我们带来了审美的拯救，它是生命的感悟之力的跃动，是灵智之风的浩荡，是超越于既定思维模式之上的自由舞蹈。孕涵在此中的那种诗意的丰赡性的展开永远是人的理想之境，其巨大的实践意义与海德格尔所谓"人诗意地栖居"，在这里实现了最瑰丽的会合。

## 2. 注重以直觉与灵悟为特征的道的思维，重现道家哲学的当代价值

目前，不少学者从"促进思维方式的科学化、现代化"的角度，批评中国古代缺乏"知性思维"，于是，"加强我们思维中的形式化、逻辑化、确定化、定量化、程序化和模式化的因素，就成为提高我们民族思维方式有序性的重要方面"。其实，科学的发展并非像有些学者所强调的那样，是与东方思维传统格格不入的。实际上，东方思维，尤其是道家思维，在现代科学发展中愈来愈表现出积极的意义和顽强的生命力。向道的传统的复归，已然成为物理学新发展的重要倾向之一。

因提出介子场理论而荣获 1949 年诺贝尔物理学奖的日本著名科学家汤川秀树曾深刻指出："看来重要的问题是在直觉与抽象之间实现平衡或协作，现时代科学文明的问题就在于此——人们似乎普遍感到科学远离了哲学和文学之类的其他文化活动。"[34]汤氏此语甚是。基于这一识见，汤氏在从事他的介子场理论研究过程中，不断有所创获，他深刻指出："至今已发现了三十多种不同的基本粒子，每种基本粒子都带来某种谜一样的问题。当发生这种事情时，我们不得不深入一步考虑在这些粒子的背后到底有什么东西。我们想达到最基本的物质形式，但是，如果证明物质竟有三十多种的不同形式，那就是很尴尬的；更加可能的是万物中最基本的东西没有固定的形式，而且我们今天所知的任何基本粒子都不对应。它可能是有着分化为一切

种类基本粒子的可能性，但事实上还未分化的某种东西。用所习用的话来说，这种东西也许就是一种'浑沌'。"[35]微言精理，掇皮见真，妙在汤氏以老子的"混沌"思想来研究基本粒子问题，最后竟推导出这种东西本身就是一种"混沌"。所谓"混沌"不外乎表示道体的异常丰满，同时又处在阴阳未分、"惟恍惟惚"的状态。汤氏的这一结论的获得，充分显示出他本人深受道家思维的惠泽。道家认为宇宙中的每个事物都具有与其他事物相联系的特性，任何一部分的性质都不是由某些基本实体所决定，而是由其他部分的性质所决定的。此外，道家对具体的结论不感兴趣，它专注于对所有事物的统一的直接经验。

由此可见，注重科学的逻辑思维与注重灵悟的道家思维，各擅胜场，各有所长，未可强为轩轾。如果着眼于人类文化的全面发展和人类历史的长远未来，道家思维自有其内在价值，未可是此非彼，轻判优劣。事实上，早在半个多世纪前，曾与爱因斯坦进行过激烈的学术争论的西方科学家玻尔，便对道家哲学表现出拳拳服膺之情。当他于1949年荣获大象勋章的最高荣誉并被封为爵士时，便为自己设计了一枚前所未有的纹章：在椭圆形的图案中心绘着一块醒目的太极图，以此表示阴阳的互补关系，同时加上"对立即互补"的铭文。这充分表明，毕生从事科学研究的玻尔已然发现，道学与现代科学之间有着深刻的协调性。

道家除了重直觉思维外，还强调内省；而内省的前提是"致虚极，守静笃"；只有如此，才能通过"内省"获得最高的智慧。

"上士闻道,勤而行之;中士闻道,若亡若存;下士闻道,大笑之,不笑不足以成道。"老子所描述的这种现象之所以发生,是由于道体超言绝象,为人类感性与通过经验推理所获得的理性认识所不能及,而必须通过直觉体悟,达到与"道"为一的境界。事实证明,在当代的科学实践中,人们已愈来愈重视直觉、想象、内省、顿悟这类思想形式对于科学创造与发现的重大作用,并自觉地将它们与此注重分析、推导与归纳的科学逻辑思维交替运用。

### 3. "走进内心",进入诗化的自由之境

当代的工具理性使我们的人生充满了散文性质,功利主义,似乎成为我们这个时代的一种显著特征。当年,诺瓦利斯曾提出一个警示世人的口号——"走向内心",力图藉此拯救那些心灵麻木的人们。在当下,这种麻木于沉沦、沉沦于麻木的"下士",确乎不在少数。

人的全部生存如果只建立在纯粹理性的基础之上是可怕的。人的心灵其实有着比理性更丰富的东西,那就是——想象力、感受力。而情感本身才是人的全部生存赖以建立的基础。但随着科技革命的发展,人类感觉的生动性正在日益退化。深刻的体验,高雅的情感,丰富的直觉,盎然的诗意,在人们身上越来越稀薄、贫弱了。因此,注重情感,注重体验,实际上是一种极有意义的积极的生活方式。也就是说,要将浑浑噩噩的生

活变为一种有意义的生活；这种有意义的生活的获致，并不是让人盲目地接受一种形而上学的体系的虚假设定，或以某种外在的规范异化人生，而是要从个人的内在感受出发，从内心的体验出发（这颇似陆、王所提倡的"求放心"、依"明觉"）。从这个意义上说，所谓"体验"就不仅仅是"一种内心激动的状态"，而是要返归本心，注入生命，创造意义，变对世界万物的疏离为创造性的回应，通过自己的力量，为自己创造出现实世界不可能提供的富于诗意的东西，最大限度地摆脱贪欲与无聊、恐惧与淡漠的侵扰，进而达至一种审美的自由之境。这样，我们的心灵将不复感到那样冷漠，那样寂寥，那样无助。——花瓣上的野露，绿蕾上的晨霜，叶底黄鹂，池上碧苔，都将不复是无性灵的存在，而是与我们的心灵紧密相连的美丽的此岸，成为我们生活中充满诗意的一个部分；我们焦灼的、被压抑与被强调的本能，将冲破心灵深处那潮湿的洞穴，淡化在创造性的心灵与创造性的宇宙所构成的"天地之大美"之中。我们相信：如果不以狭隘的实用功利眼光和人类自我中心主义的观念来观照世界，而代之以更加悠久寥廓的宇宙意识，则道家那种"与物为春"的理想，那种"乘天地之正，而御六合之气，以游于无穷"（庄子《逍遥游》）的自由精神，在高度异化的文明世界中，必然会获得愈来愈强烈的共鸣。

**参考文献**

[1]《司空图〈二十四诗品〉研究及其作者辨伪综析》，载《广州师范学院学报》（社科版），2000年第12期。

[2]《〈司空表圣诗集〉与〈二十四诗品〉的关联——兼论〈二十四诗品〉的作者问题》，载《文化中国》（加拿大），2002年第1期。

[3]《从〈二十四诗品〉用韵看它的产生时代与作者》，载《文学遗产》，2001年第1期。

[4]《从〈二十四诗品〉用韵看它的作者》，载《安徽师范大学学报》，1996年第4期，第38—42页。

[5]《司空图〈二十四诗品〉真伪刍议》，载《人民政协报》，1998年9月28日。

[6]该文题为《〈诗家一指〉的产生时代和作者》，载《北京大学学报》，1995年第5期。

[7]详见《〈诗家一指〉的产生时代与作者——兼论〈二十四诗品〉

作者问题》，载《北京大学学报》，1995年第5期，第34—35页。

[8]《从怀悦编集本看〈诗家一指〉的版本流传及篡改》，载《中国诗学》第5辑，南京大学出版社1997年版，第31—40页。

[9]许印芳：《二十四诗品跋》，收入《诗品集解》第73页，今人朱东润亦持此说。

[10]《中国文学理论批评发展史》，北京大学出版社1995年版，第451页。

[11]《中国古代文学审美理论鉴识》，华中师范大学出版社1986年版，第150页。

[12]《〈诗品续解〉自序》。

[13]孙汉生：《司空图的审美图式论》，载《学术研究》，1993年第2期。

[14]周甲辰：《司空图〈二十四诗品〉主旨辨析》，载《忻州师范学院学报》，第18卷，2002年第3期。

[15]肖驰：《中国传统诗学中的超越与本在：〈二十四诗品〉中一个重要意涵的探讨》。

[16]《淮南子》。

[17]《管子》。

[18]《正蒙》。

[19]《中国艺术精神》，春风文艺出版社1987年版。

[20]《自诚》。

[21]《司空图的诗歌哲学》。

[22]《司空图〈诗品〉的理论系统及其民族特色》，载《学术

论坛》，1986年第3期。

[23]《二十四诗品译注评析》，北京出版社1988年版。

[24]张法：《中国美学史》，上海人民出版社2000年版。

[25]祖保泉：《司空图诗文研究》，安徽教育出版社1998年版。

[26]戴望：《管子校正·内业篇》。

[27]孙联奎：《〈诗品臆说〉自序》。

[28]杨廷芝：《〈二十四诗品浅解〉自序》。

[29]《〈诗品续解〉序》。

[30]《创造的秘密》。

[31]见《西京杂记》卷二。

[32]马斯洛：《谈谈高峰体验》，见《人的潜能和价值》，华夏出版社1987年版，第366页。

[33]《十九世纪英国诗人论诗》，刘若端编，人民文学出版社1984年版，第105页。

[34]《创造力与直觉——一个物理学家对于东西方的考察》，复旦大学出版社1987年版，第78页。

[35]《创造力与直觉——一个物理学家对于东西方的考察》，复旦大学出版社1987年版，第49—50页。

诗品注译、导读

郭熙　早春图

范宽　溪山行旅图

## [一] 雄浑*

大用外腓[1],真体内充[2]。

返虚入浑[3],积健为雄[4]。

具备万物[5],横绝太空[6]。

荒荒油云[7],寥寥长风[8]。

超以象外[9],得其环中[10]。

持之匪强[11], 来之无穷[12]。

## 注 释

　　＊雄浑：杨延芝《诗品浅解》(以下简称《浅解》)曰："大力无敌为雄，元气未分曰浑。"

　　[1]大用：此处取意于《庄子·人间世》。此篇记载那棵足可为数千头牛遮荫的大栎树托梦于对它不屑一顾的木匠："匠石归，栎社见梦曰：'女将恶乎比予哉？若将比予于文木邪？夫柤梨橘柚果蓏之属，实熟则剥，剥则辱；大枝折，小枝泄。此以其能苦其生者也。故不终其天年而中道夭，自掊击于世俗者也。物莫不若是。且予求无所可用久矣！几死，乃今得之，为予大用。使予也而有用，且得有此大也邪？且也若与予也皆物也，奈何哉其相物也？而几死之散人，又恶知散木！'"庄子所谓"为予大用"，实则隐含着"积无用而为大用"的哲理。在庄子看来，"大用"即"无用之用"也。"人知有用之用，而莫知无用之用也。" 司空图诗品一开首便信手拈举道家语，似有提示全篇大旨之意。按："大用"一词出自《庄子·人间世》，此篇的主旨是讨论如何"虚以待物"、"顺物"、"缘督以为经"的。在庄子的视界里，"无所可用"正是"大用"的表征，这也是庄子"物无非彼，物无非是"思想的又一体现。

　　腓：胫骨后的肌肉，即小腿肚，引申为鼓动、伸张。朱熹注云："腓，足肚也。欲行则先自动，躁忘而不能固守者也。"此句谓诗人以充实于体内的浩然之气向外鼓动扩张，以造成诗歌创作之势，或曰创作冲动。

[2]真体：即得道之体，合乎自然之道的本体。《庄子·渔父》篇云："礼者，世俗之所为也；真者，所以受于天也，自然不可易也。故圣人法天贵真，不拘于俗。"按，道家之"真"与儒家之礼有异。《庄子·天道》篇云："极物之真，能守其本，故外天地，遗万物，而神未尝有所困也。通乎道，合乎德，退仁义，宾礼乐，至人之心有所定矣。"《庄子·秋水》篇云："曰：'何谓天？何谓人？'北海若曰：'牛马四足，是谓天；落马首，穿牛鼻，是谓人。故曰：'无以人灭天，无以故灭命，无以得殉名。谨守而勿失，是谓反其真。'" 按，司空图所谓"真体"，犹言作为万事万物本体的道体或气，经诗人内在修养而储存于体内，故曰"真体内充"。充：即为充满。《管子·心术下》曰："气者，身之充也。"此上下两句意思相连，前句言外在功能之发挥，后句言内在根据之养成，尤以后者为要，为本。

[3]返虚：返，即返归；虚，即太虚，极言道之所在。《庄子·人间世》曰："气也者，虚而待物者也。唯道集虚。虚者，心斋也。"《天道》篇又云："夫虚静恬淡寂漠无为者，万物之本也。"虚，故能"纳万境"；只有达到"虚"，方能进入"浑"的境界。郭象注云："虚其心则至道集于怀也。"足徵虚即为道。入浑："浑"，指自然之道的状态，《老子》云："有物混成，先天地生。寂兮寥兮，独立而不改，周行而不殆，可以为天下母。""浑"，郭绍虞《诗品集解》："何谓'浑'？全也，浑成自然也。所

谓真体内充，又堆砌不得，填实不得，板滞不得，所以必须复还空虚，才得入于浑然之境。这是'浑'，然而又正所以助其'雄'"。扬雄《太玄经》云："混沌无端，莫见其根。"所谓返虚入浑，就是返回道的本原而不受物役，进入混沌未分、浑成自然之境而物我化一。故惟有返璞归真，才能"真体内充"。

[4] 积健：积为积累，健为阳刚之气。按，"健"有天然之"健"和人为之"健"，儒家所言之"健"与道家所言之"健"亦有人为与天然之别。此处之"健"，指的是一种天然之"健"，亦即《易·乾卦》中"天行健，君子以自强不息"之意。唐代孔颖达《正义》云："天行健者，谓天体之行，昼夜不息，周而复始。"此句之意自然之健，如宇宙本体那样不停地运动，周而复始，最终积孕为一股沛然莫可御之的雄浑之气。郭绍虞《诗品集解》云："何为雄？雄，刚也，大也，至大至刚之谓。这不是可以一朝袭取的，必须强健之气才成为雄。""这是'雄'，然而又正所以成其'浑'。"——此句意谓诗人必须自强不息，修炼而达到至大至刚之境；并通过返璞归真，最终与道体认同。

[5] 具备：犹言纳入，准备。万物：即万事、万物、万象之理。郭绍虞《诗品集解》云："万物，万理也。具于内者，至备万理而无不足，斯发于外者，也就塞于天地之间，自成一家，横绝太空，而莫与抗衡了。杜甫所谓'读书破万卷，下笔如有神'，庶几近之。"

[6] 横绝：即横贯；太空：犹言天地、宇宙。此句谓诗人若

能体悟自然之道，纳万物之象万物之理于内心，即可化育成一种"雄浑"之气充斥于天地之间。又，宇宙本体原为浑然一体、运行不息的一团元气，因其有充沛的自然积累，故能呈现出雄浑之体。雄浑之体得自然之道，故能包容万物，笼罩一切，有如大鹏之逍遥，横贯太空，莫与抗衡。恰如庄子在《逍遥游》中所说："且夫水之积也不厚，则其负大舟也无力。覆杯水于坳堂之上，则芥为之舟；置杯焉则胶，水浅而舟大也。风之积也不厚，则其负大翼也无力。九万里而风斯在下矣。""大鹏"之所以能"水击三千里，抟扶摇而上者九万里"，正因为它是以整个宇宙作为自己运行的广袤空间，故气魄宏大，无与伦比。

[7] 荒荒：广漠之状。油云：流动之云。语出《孟子·梁惠王上》："天油然作云"。赵岐注曰："油然，兴云之貌。"

[8] 寥寥：空阔之状。长风：运行之风。《庄子·齐物论》云："大块噫气，其名为风。是唯无作，作则万窍怒号，而独不闻之寥寥乎！"此上下句均紧接前句，极状惟有所谓"具备万物，横绝太空"者，方能如"荒荒油云，浑沦一气；寥寥长风，鼓荡无边"（杨廷芝《诗品浅解》），雄极浑极，而不落痕迹。所谓"荒荒油云，寥寥长风"，指的是一种自由自在、飘忽不定、浑然而生、浑然而灭，气势磅礴、绝无形迹、自然界中天生化成非人力所能为的境界，也正是自然之道的体现。要之，"荒荒"两句乃"雄浑"的具象化。

[9] 超以：即超乎。象：物象，指具体事物。超以象外，则

言诗人超脱具象的羁勒而直入事物的奥妙。梁武帝《舍道事佛疏文》曰:"启瑞迹于中天,烁灵羲于象外。"

[10] 得:悟得,掌握。环:本指门的上下两横槛的洞,圆空如环,所以承受枢的旋转。由于圆环中间虚空,故枢入得环中,便可旋转自如。蒋锡昌《庄子哲学·齐物论校释》云:"'环'者乃门上下两横槛之洞;所以承受枢之旋转者也。枢一得环中,便可旋转自如,而应无穷。此谓今如以无对待之道为枢,使入天下这环,以对一切是非,则其就亦无穷也。"后以此喻指事物的关键,犹言执牛耳以把握整体,可解为"道枢"。《庄子·齐物论》云:"彼是莫得其偶,谓之道枢;枢始得其环中,以应无穷。"又《则阳》篇云:"冉相氏得其环中以随成,与物无终无始,无几无时。"郭象注云:"居空以随物,物自成。"意谓一切皆须任乎自然,决不能强力为之,如此,则能无为而无不为,此亦所谓"持之匪强,来之无穷"之意。郭象注云:"夫是非反复相寻无穷,故谓之环。环中空矣。今以是非为环而得其中者,无是非也。无是无非,故能应夫是非,是非无穷,故亦应无穷。"此下句与上句相连,犹言诗人能超乎于具体物象之外,超乎于世俗的是非纷争之外,乃能综观宇宙万物而得其大理,悟大化之妙以应无穷之变化。

[11] 持之匪强:匪:通"非";强,即勉强,此句意谓无须勉强而持有、把握。之:代词,指代上文对雄浑的掌握。郭绍虞《诗品集解》(以下简称《集解》):"'工夫深处却平

夷',所以持之不费勉强,不见矫揉。左右逢源,取之不竭,所以引之使来,又能浩然无量,怕什么穷尽?一方面浑化无迹,一方面气势充沛,这才尽雄浑之妙。"

[12] 来之无穷:即指雄浑之气作为创作源泉会不断涌上心头。之:语助词。此上下句均承接前句,谓诗人能由表及里掌握道枢,则可以应万变,不断获得创作灵感和创作冲动。

## 今 译

### [一] 雄浑

与道同一的化人,充盈自足,
氤氲成浩然之气向外冲腾。
惟有虚心返归道的本源,
才会自强不息,臻于至大至刚之境。
参悟万物的妙谛,
横贯幽秘的苍穹。
如驾驭奔涌的流云,
万窍怒号的长风。
不拘执于具体的形相,
去把握道的机枢,万法归宗。

——达到如斯境界,

即使不勉力以求,

道境也会不期而至,受用无穷。

## 导 读

道家主张将个体本然生命退出社会、历史,回复到超功利、超道德、超社会形态的"独与天地精神往来"的本然真性。所谓"独与天地精神往来",实际上就是独与人自己的生命本然往来,因为个体的生命本然与宇宙生命是二而一的东西。

"雄浑"主要来自道德的充实及同自然界融化为一的至高境界,是一种充满浩然之气的和谐之美,它强调的是天人合一。"雄浑"融空间的无限大、力量的绝对大与视觉上的朦胧模糊于一体,所表达的是本体外延的空间的无限性。体道之人欲达"返虚入浑"之境,不惟要"积健为雄",而且要"超以象外",就像庄子《逍遥游》中的大鹏那样鼓动大翼,抟扶摇直上九万里高空,从而保持其精神"横绝太空"的"高度"与"具备万物"的独立性,绝不理会来自世俗的偏见。 如是方能充盈自足,臻于至大至刚之境。

颜真卿　大唐中兴颂

归去来辞图

## [二] 冲淡*

素处以默[1]，妙机其微[2]。

饮之太和[3]，独鹤与飞[4]。

犹之惠风[5]，荏苒在衣[6]。

阅音修篁[7]，美曰载归[8]。

遇之匪深，即之愈稀[9]。

脱有形似，握手已违[10]。

## 注 释

*冲淡：孙联奎《诗品臆说》（以下简称《臆说》）评曰："饮之太和，冲也；独鹤与飞，淡也。"

[1]素：丝不染色为素，此处引申为澹，淡泊，指心中无纤尘杂念。老子《道德经·十九章》云："见素抱朴，少私寡欲。"《庄子·马蹄》云："同乎无欲，是谓素朴。"《刻意》篇云："故素也者，谓其无所与杂也；纯也者，谓其不亏其神也。能体纯素，谓之真人。"由此可见，所谓"素处"即是指作为"真人"经由长期的修道后所达至的一种无知无欲、抱朴守真的淡泊心态。至于"默"则是指静默无为，虚以待物。《庄子·在宥》篇云："至道之精，窈窈冥冥；至道之极，昏昏默默。"

[2]妙：微妙。机：通"几"。《易·系辞下》曰："几者，动之微。"用做动词，意为妙悟个中精微。微：幽微；奥妙。妙机其微：以微妙之心灵感触天机之幽微。《庄子·秋水》篇云："今予动吾天机，而不知其所以然。"又《至乐》篇云："万物皆出于机，皆入于机。"孙联奎《诗品臆说》解为"心清闻妙香"。对此，郭绍虞《诗品集解》注云："平居澹素，以默为守，涵养既深，天机自合。故云妙机其微。微也者，幽微也，亦微妙也，言莫之求而自致也。"

[3]饮之：饮以，与之饮，犹言得于内。太和：中国传统思想谓阴阳二气交合而为冲和之气，和美冲淡，谓之太和。老子《道

德经·四十二章》云:"万物负阴而抱阳,冲气以为和。"《易·乾卦》云:"保合太和,乃利贞。"即饮以太和之气,而能利贞于万物。又,郭解云:"阴阳会合冲和之气也。"《庄子·天运》篇云:"夫至乐者,先应之以人事,顺之以天理,行之以五德,应之以自然,然后调理四时,太和万物。" 饮之太和,指饱含天地之元气,而与自然万物同化之谓也。鹤本仙鸟,独与之俱飞,亦与自然相合、与造化默契之象征也。

[4]鹤:白色仙鸟,《诗经》:"鹤鸣于九皋,声闻于天",为清远闲放、高洁脱俗之象征。独鹤与飞:意谓"饮以太和"的诗人逸兴与俱,其气象、境界皆与独飞之鹤相似。所谓"冲",就是"浑",其文质皆为"虚"。"返虚入浑","浑"是虚的体现;"饮之太和",即是元气充盈于内,进乎"道"的境界。

[5]惠风:春风、和风。语本王羲之《兰亭集序》:"天朗气清,惠风和畅。"犹之:犹如。

[6]荏苒:轻柔舒缓貌。此句与上句连。《集解》解曰:"犹如惠风,惠风者春风也。其为风,冲和澹荡,似即似离,在可觉与不可觉之间,故云荏苒在衣。"

[7]阅:经历。修篁:修美的竹林。曰:语助词,无义。音:竹动之音。修竹微动,其境清和,其境幽静,令人心赏。

[8]美曰载归:犹言多么美啊,但愿能与之同住同归。《集解》注云:"当此境地,心赏其美,神与之契,不禁产生与之

俱归的愿望。"

[9] 遇之匪深，即之愈稀：句中两个"之"字均代表冲淡之境。即：接近、往就之意。稀：稀微。一作"希"。此两句意谓，此冲淡之境，如惠风箸音，无心遇之，似不见其幽深，但若有意寻求，却又觉得其稀寂而不可窥寻。

[10] 脱：或、若、倘若，假若。穆修《唐柳先生集后序》云："脱有一二废字……更资研证就真耳。"违：远去。此二句意谓假若有人求此冲淡之境，即使偶有形迹相似之处，然而在意欲把握的一瞬间已违本愿，无迹可寻了。明人陆时雍在《诗境总论》中说："每事过求，则当前妙境，忽而不领。古人谓眼前景致，口头语言，便是诗家体料。""绝去形容，独标真素，此诗家最上一乘。"亦可参。

## 今 译

### ［二］ 冲淡

胸中了无纤尘杂念，
镇日凝神参悟道体的精微。
默然以处，神侔造化，
吮吸着阴阳化生的太和之气。

这样才能超越凡俗,
像一只云中之鹤,翩然独舞;
惠风轻拂,衣袂飘举。
又如聆听风竹的清响,
与契友啸然醉归。
——哦,这种境界往往不期而遇,妙不可言,
倘若执象而求,反而渺远难追。

### 导 读

首句强调体"道"的内在条件。所谓"素处以默"就是要保持一种虚静的精神状态。所谓"妙机其微",是说由虚静则可自然而然地洞察宇宙间的一切幽微与机变。

按照道家的观念,语言本身是笨拙的,不能恰切地表明任何一层感悟;司空图所表达的,是一种"体道"的感觉。道虽存在于有彼有此有分有别的天地万物之中,但其自身却"无差等",所谓"彼是莫得其偶";正因如此,"道"才能贯通于有彼有此有分有别的天地万物之中,而与天地万物相照应——作者达至这种体道合一的境界后,才能"以自然之眼观物,以自然之舌言情",这时,冲和澹荡的惠风吹拂衣襟,轻轻飘荡。吹过幽静的竹林,在真人听来,皆为动人心魂的乐音,不免神

观自在菩萨行深般若波罗蜜多时照见五蕴皆空度一切苦厄舍利子色不异空空不异色色即是空空即是色受想行识亦复如是舍利子是诸法空相不生不灭不垢不净不增不减是故空中无色无受想行识无眼耳鼻舌身意无色声香味触法无眼界乃至无意识界无无明亦无无明尽乃至无老死亦无老死尽无苦集灭道无智亦无得以无所得故菩提萨埵依般若波罗蜜多故心无罣碍无罣碍故无有恐怖远离颠倒梦想究竟涅槃三世诸佛依般若波罗蜜多故得阿耨多罗三藐三菩提故知般若波罗蜜多是大神咒是大明咒是无上咒是无等等咒能除一切苦真实不虚故说般若波罗蜜多咒即说咒曰揭谛揭谛波罗揭谛波罗僧揭谛菩提萨婆诃

般若波罗蜜多心经 弘一敬书

马远 弘一

思恍惚，油然而生我与俱归之意。此真冲淡之美境也！总之，自然在作者眼中，无非一派天机。说到底，宇宙万物，不过是道之所衍生，当作者与体道为一时，方能假自然万物以陶咏乎"我"。这种境界的获得，实乃与自然相契而得，绝非人力所为。故作者强调道："遇之匪深，即之愈稀。"在课虚叩寂、泯然物化、悠然忘我中体悟"大化"之"神韵"，与天地大道和谐共振，何等适性、惬意！当然，这种适性、惬意只有在体道的维度上才有意义。

庄子曾一再申言他的"道"不可辩说的理论，在他看来，"道"乃万物之极则，它存在于无际无涯和无始无终的时间里，对于智慧极为有限的人类，欲穷尽其理，是"以其至小求其至大之域"，因此，他说："不言则齐，齐与言不齐，言与齐不齐也，故曰无言。言无言，终身言，未尝言；终身不言，未尝不言。"（《庄子·寓言》）作为"道"的一种形态（"冲淡"），我们也许只能神会，而不能落于形迹（所谓"脱有形似，握手已违"）。至于司空图，则只是在那里"冲淡"着，并把"冲淡"里的灵气一直往人骨头里熏。

恽寿平 半篱秋影（扇面）

## [三] 纤秾 *

采采流水[1]，蓬蓬远春[2]。

窈窕幽谷[3]，时见美人[4]。

碧桃满树[5]，风日水滨[6]。

柳荫路曲[7]，流莺比邻[8]。

乘之愈往[9]，识之愈真[10]。

如将不尽[11]，与古为新[12]。

## 注 释

*纤秾：《浅解》曰："纤以纹理细腻言,秾以色泽润厚言。"《臆说》："纤,细微也;秾,郁郁也。细微,意到;秾郁,辞到。"

[1]采采：读若灿灿,状鲜明之貌。《诗经·芣苢》云："采采芣苢,薄言采之。"流水：指水波的锦纹,藉以形容"纤"。

[2]蓬蓬：茂盛状,犹言生机勃勃。《诗经·小雅·采菽》云："维柞之枝,其叶蓬蓬。"远春：春光湖畔,一望无际,故云"远景"。写水为纤,写春为秾,兼其细致与浓郁。

[3]窈窕：深曲之貌。用以形容佳人之美貌。《方言》云："秦晋之间,美心为窈,美状为窕。"亦状山水幽深。陶渊明《归去来兮辞并序》云："既窈窕以寻壑,亦崎岖而经丘。"此处以"窈窕"喻山水之深远,兼兴下句之"美人"。幽谷：一作"深谷"。

[4]时见：不时望见。于深林幽谷中偶见美人绰约之倩影。

[5]碧桃：蔷薇科,落叶小乔木,叶呈披针形,一般开在春季,重瓣,白色、粉红以至于深红,或洒金,颇耐观赏,故常入诗。如郎士元有"重门深锁无人知,惟有碧桃千树花"。

[6]风日：惠风和畅之日。李白《宫中行乐词》云："今朝好风日,宜入未央宫。"

[7]柳荫路曲：犹言阡陌小道在柳荫下蜿蜒伸向远方。

[8]流莺：一曰黄莺;比邻：邻近;比,并列、紧靠。此句

极写"纤"之境,意谓流莺鸣啭可人,且密若织锦尽情穿梭往飞——以上八句,皆为"意象语",藉以曲传"纤秾"之境。过去,论者大多从诗歌批评的角度着眼,如王渔洋在其《香祖笔记》中说:"'采采流水,蓬蓬远春',形容诗境亦妙,正与戴容州'蓝田日暖,良玉生烟'八字同旨。"杨振纲引《皋兰课业本》云:"此言纤秀秾华,仍有真骨,乃非俗艳。"钟嵘在评谢灵运的"名章迥句"、"典丽新声"时说:"譬犹青松之拔灌木,白玉之映尘沙,未足贬其高洁也。"评范云的诗:"清便宛转,如流风回雪。"又评丘迟的诗:"玷缀映媚,如落花依草。"这种意象批评的方法,刘勰颇擅用之。在《文心雕龙·风骨》篇中,他尝论及"风骨"与辞采的关系,指出:"若风骨乏采,则鸷集翰林;采乏风骨,则雉逃窜文囿;唯藻耀而高翔,固文章之鸣凤也。"刘勰在《隐秀》篇中论"自然"与"润色"之关系时又说:"故自然会妙,譬卉木之耀英华;润色取美,譬缯帛之染朱绿。朱绿染缯,深而繁鲜;英华曜树,浅而炜烨,秀句所以照文苑,盖以此也。"以上虽非作家专论,但其批评方法是相同的——司空图显然继承了这一传统,但就主旨而言,却并非着眼于所谓"诗歌风格",而是以此表达他本人对"道境"的体悟。

[9]乘:趁。往:犹言远。

[10]识:认识,体验。真:真切。乘之愈往,识之愈真:纤秾之境,循其以往,愈入内而愈有真切之体验,非俗艳所可

以比矣。

[11] 将：把。不尽：永久不尽。

[12] 与古为新：郭绍虞引李德格《文章论》云："譬如日月，虽终古常见而光景常新，此所以为灵物也。""纤秾"之境也是如此——以上四句极言"纤秾"作为一种道境，虽终古常见，却又非俗艳可比，自有悦人之妙。倘能"与古为新"，自然美景也就有万古常新的魅力了。

## 今 译

### ［三］ 纤秾

清澈晶透的流泉，
生机盎然的烟景。
在幽深宁谧的山谷里，
不时闪动着幽人的吟影。
他徜徉于风光旖旎的水畔，
与满树的碧桃交相辉映。
一条蜿蜒小道伸向远方，
密若织锦的黄莺款款而飞，鸣啭不停，
——呵，愈是静观这或纤或秾的胜景，

愈能体悟无所不在的"道"流贯其中；
它四时更迭，历久弥新，
启导着我们脱却尘俗，长醉此境。

## 导 读

从某种意义上说，意象化表现亦可视为是一种隐喻陈述，其最深的根基不是由于语言的"逻辑缺陷"；或者说，一种逻辑句法之所以不能将隐喻陈述取消，是因为经验的命题是极有限度的；《诗品》作为超验的领域也就意味着命题之不可能。这些超验的东西意味着我们只能对之沉默的东西。——由此笔者不禁想到当年那位迂阔的东郭子先生曾问道于庄子，庄子认为他如此提问，其方式本身就不对，故批评道："夫子之问也，固不及质。"在庄子看来，世间无一物非"道"，它囊括一切，连屎尿中都有道，故庄子强调道："汝唯莫必，无逃乎物。"尽管"道"的外在表现形式不同，但其内在蕴含是相同的。以故，庄子一再说："周遍咸三者，异名同实，其指一也。"因此，那"积健为雄"的风，固然体现了"道"；而那"采采流水"、"蓬蓬远春"的纤秾之境，毫无人工雕琢痕迹，纯然一派天机，同样体现了"道"。在司空图的生花妙笔下，满树碧桃与美人之隐现互衬，更觉鲜艳夺目；和煦春风与流水两相交映，愈显

春意盎然；密若织锦的黄莺款款而飞，鸣啭不停——这种"识之愈真"的"声"、"色"之美，"如将不尽"，内含真谛，启导着寻道者"乘之愈往"，"与古为新"。

在"纤浓"一品中，"幽人"（或曰"真人"）仍然是缺席的（至少没有在文本的字面上出现），这似乎暗示着：为了获得体道的悦愉，人必须倾空自己。应当看到，实际上，"真人"是在场的，因为只有他正在静观着那些令他神往的美景；但与此同时，他仿佛又是不在场的，因为他正"全神贯注"于那些令他体道的自然之中。

秋郊饮马图

[四]　沉着＊

绿林野屋[1]，落日气清。

脱巾独步[2]，时闻鸟声。

鸿雁不来[3]，之子远行[4]。

所思不远[5]，若为平生[6]。

海风碧云，夜渚月明[7]。

如有佳语[8]，大河前横[9]。

## 注 释

＊沉着：《浅解》曰："深沉确着。"《臆说》："此首前十句皆言沉着之思，尾二句方拍到诗上。"

[1] 绿林：一本作"绿杉"，《诗家一指》本亦作"绿杉"。指绿色的树林。 野屋：山野之屋，与绿林相映成趣。

[2] 脱巾：脱去头巾，形容体道者风致潇洒，沉着自若。独步：独自散步，写体道者悠闲安适之貌。

[3] 鸿雁：即书信，古时以鸿雁代书信消息，事出《汉书·苏武传》。杜甫《天末怀李白》云："鸿雁见时到？江湖秋水多。"

[4] 之子：犹言"那人"。《诗经·汉广》云："之子于归。"杜甫《题张氏隐居》云："之子时相见，邀人晚兴留。"前者指女子。后者指男子。此句谓尚未听到出远门的游子的消息，故而心中思念。

[5] 所思：所思念的人。即"之子"。汉乐府民歌《有所思》云："有所思，乃在大海南。"所思不远：即所思念的人似乎并不遥远，应指心理距离而言。

[6] 若为：那堪。白居易《冬至宿杨梅馆》云："若为独宿杨梅馆，冷枕单衾一病身。"平生：平日，往昔。若为平生：即怎禁得所思之人不能像平日那样在眼前。此上下句相连，前者谓思之近，后者谓思之切。《集解》注云："鸿雁不来，则

云山寥落,之子远行,则情怀渺邈。然而,所思不远,好似当前即是;若为平生,又觉握手如昨。那么千里如咫尺,似又未尝相离也。'之子远行',所思已无可见之理;'若为平生',所思犹有得见之情。思之不见,愈思得见,一心凝聚,萦回往复,则独念之深切又正是沉着之表现也。前言景,此言情,双股夹写,而沉着之精神更出。"况周颐在《蕙风词话》中说:"平昔求词于词外,于性情得所养,于书卷观其通。优而游之,餍而饫之,积而流焉。所谓满心而发,肆口而成,掷地作金石声矣。情真理足,笔力能包举之。纯任自然,不假锤炼,则沉着二字之诠释也。"亦可备一说。

[7] 渚:水中小岛。夜渚月明,指静态的"沉着"(与上文"落日气清"相呼应,暗含时间的推移),同时与上句"海风碧云"的动态相对比衬,益显静态之美。

[8] 佳语:一作"佳话",指精妙的诗句。

[9] 大河前横:意谓佳语既出,犹如大河截道,不可拖沓沾滞。郭解云:"窃以为大河前横,当即言语道断之意。钝根语本谈不到沉着,但佳语说尽,一味痛快,也复不成为沉着。所以要在言语道断之际,而成为佳语,才是真沈着。"此说甚是。所谓"言语道断,心行处灭",本为佛家语,见《止观》五上。僧肇在《涅槃无名论》中说:"涅槃非有,亦复非无。言语路绝,心行处灭。"按,道断即是路绝,以喻思维与语言已经无法达到。

《皋兰课业本原解》云:"此言沉挚之中,仍是超脱,不是一味沾滞,故佳。盖必色相俱空,乃见真实不虚。若落于迹象,涉于言诠,则缠声缚律,不见玲珑透彻之悟,非所以为沉着也。"强调"沉着"也应具有超绝言象的含蓄之美,亦可参证。

## 今 译

### [四] 沉着

葱绿的草木环绕着竹篱茅舍,
夕阳西下,林秀气清。
脱去陶巾,独自徜徉在山间小径,
不时有清悦的鸟声传来,似在"求其友声"。
唉,与我心契的友人,
已久无书信相通。
分明觉得相去不远,
但毕竟悬隔着关山千重。
我茕然一身,
何以为情?
海风吹起,云驰星涌,
水中的小岛笼罩在月色之中。

此时，忽有体道的妙语，

那也只是缘物而发，无法言尽。

## 导 读

  从发生学的角度看，文本中的"移情"现象是很普遍的。由于主体特定的意向，外界的"自然"在主体情感的观照中，往往带有"我"之色彩。这是主体情思向客体景物注入、渗透的结果，尽管客体景物被"主观化"，但它仍然是主客体碰撞、交融后的升华状态，因而文本也就成为一个独立自足的建构，一个物化了的主观情感世界。"沉着"一品便是这类文本。

  在"沉着"一品中，司空图首状山野幽人的居所与行止，野屋掩映于浓荫匝地的绿林之中，其幽静之境不难想见，夕阳西下，愈觉空气清新，幽人脱巾独步漫行于旷野之中，唯闻婉转鸟声不时从林中传来，这种"寻常景致"因了幽人"行无所事"的"沉着"心态的观照而有了不寻常的意味。置身此境，想必幽人一定又醉心于某种道家义理的体悟之中，惜乎"鸿雁不来，之子远行"，尽管"所思不远"，但毕竟无法与契友一罄幽怀，情何以堪？司空图如此命笔，不啻是将那个存在于诗人灵视中的幽人的"意转迷茫"之状栩然托出，而幽人的"缺席"在某种意义上正迫使作者在精神上与他契合。

存忠厚
養呼平
明是非
惜廉恥

嘉慶十年五月 伊秉綬

在"沉着"一品中,实际上包含了作者为我们提供的标示"幽人"精神发展上升的五个阶段:一、二句:"幽人"的居住之所;三、四句:"幽人"的生命样态;五至八句:对契友(得道之人)的追慕;九、十句:与自然的深切交融;十一、十二句:体道后的超脱情态。

高逸图

## [五] 高古 *

畸人乘真[1]，手把芙蓉[2]。

泛彼浩劫[3]，窅然空踪[4]。

月出东斗[5]，好风相从[6]。

太华夜碧[7]，人闻清钟[8]。

虚伫神素[9]，脱然畦封[10]。

黄唐在独[11]，落落玄宗[12]。

## 注释

＊高古：《浅解》曰："高则俯视一切，古则抗怀千载。"《臆说》："高对卑言，古对俗言。"

[1]畸人乘真：畸（音基）人，即道家理想中修养极深、不从流俗之人。《庄子·大宗师》云："畸人者，畸于人而侔于天。"所谓"侔于天"，即同乎自然也，亦即所谓的"真人"。《庄子·徐无鬼》篇云："古之真人，以天待人，不以人入天。"又云："故无所甚亲，无所甚疏，抱德炀和以顺天下，此谓真人。"庄子在《大宗师》篇中又进一步阐发道："古之真人，其寝不梦，其觉无忧，其食不甘，其息深深。""不知说生，不知恶死"，"翛然而往，翛然而来"。李白《古风》云："西上莲花山，迢迢见明星。素手把芙蓉，虚步蹑太清。"总之，所谓畸人、真人，皆为道家心目中的理想的人物，是既无"机心"在胸又无"俗务"缠身的超凡绝尘之人，与追逐名利之人自有天壤之别。此句谓畸人乘其本性，与自然之理符契。 乘：驾。真：仙气，或曰自然之道。《说文》云："仙人变形而登天也。"郭绍虞谓："变形言炼形为气。此言畸人乘真，谓略人乘真气以上升也。"

[2]芙蓉：莲花，乃香洁之草。李白《古风》云："西上莲花山，迢迢见明星。素手把芙蓉，虚步蹑太清。"又李白《庐山谣》云："遥见仙人彩云里，手把芙蓉朝玉京。"此上下句谓畸人手持莲花，乘仙气飞升直入天宇。

[3]泛：度；经历。漂流状。《诗·柏舟》云："泛彼柏舟。"浩劫：佛经上认为世界有成、住、坏、空四个时期，谓之"四劫"。迨至劫时，世界归于毁灭。因劫历时甚长，故云"浩劫"。泛彼浩劫：一本作"汎彼浩劫"。"汎"、"泛"同字，犹言度也。此句意谓畸人超度了人世之种种劫难，升入飘渺遥远的仙境，浩瀚的太空中早已不见其踪迹。离逸世俗，脱略尘寰，是高古的畸人追慕不已的精神愿望。

[4]窅（音咬），同"窈"，深远、渺然之状。窅然：犹言渺远。 空踪：一作"空纵"。谓无影无踪。窅然空踪：谓畸人度尽苦难，愈漂愈远，以至于消失得无影无踪。郭绍虞《集解》谓："空踪者，前不见古人之谓。"亦可备一说。

[5]东斗：东方的半宿。道家把一天分为五斗，东斗位于东方，为"阴明"。《云笈七签》又云："东斗主算，西斗记名，北斗落死，南斗上升，中生大魁，总监众灵。此名一天五斗。"月出东斗，即言月出东方。

[6]相从：相随，相送。此二句意谓东斗之上而好风相随，高古之境也。

[7]太华：即华山，在今陕西省华阴市境内，称西岳，五岳之一，为道家登仙之境。《华山记》载曰："山顶有地，生千叶莲花，服之羽化，因曰华山。"夜碧：指幽静的夜晚。碧为青白色玉石，转指青绿色。王夫子《小云山记》曰："（南岳之西峰）寒则苍，春则碧。"

[8]清钟:清亮悦耳的钟声。太华入夜,万籁皆寂,忽闻钟声,万念澄静,令人油然而有神游太古之致。——以上四句描写畸人升天后所领受的寂寞、空旷、幽静、澄碧之夜境。司空图以此来显示高古的境界,月华流辉,长风送爽,华山幽深,钟声清悠,这正是高古的"畸人"倾心的所在——此二句极言体道者所追慕的"高古"之境。

[9]虚:虚空。伫(音住):久立,停留;储藏,积聚。杜甫《北征》云:"声心颇虚伫。"神:精神,心灵。素:纯净,超脱。虚伫神素:心灵虚静而超脱凡俗。郭绍虞注云:"心之灵谓之神,象之真谓之余。"又,《北史·韦瓊传论》:"(瓊)隐不负人,贞不绝俗,怡神坟籍,养素丘园。"此句意谓体道者神情风格超然尘表,不染俗氛。

[10]脱然:超然。畦封:喻疆界,引申为彼此、是非。畦,田畦,五十亩为一畦。封:原义为"聚立培植",本义指疆界,田界。《说文》云:"封,爵诸侯之土地。"乃为其引申义。脱然畦封:犹言超然于封疆割土的界域之争,或不屑于农耕度日劳形之累。此句意谓脱略俗尘、清静高华的境界。

[11]黄唐:即黄帝与唐尧。语本陶潜《时运》诗:"黄唐莫逮,慨独在余。"意谓独寄心于黄帝、唐尧的太古纯朴之世,倾身于玄妙之宗旨,而与世俗落落不相入,进一步状写高古之心态。这种"高古"之作,可拈举李白的《山中问答》为例:"问余何事栖碧山,笑而不答心自闲。桃花流水窅然去,别有

天地非人间。""黄唐句"意为：我独寄心于淳朴的太古之世，追随黄帝和唐尧，谁又作三代以下之想。

[12]落落：超然物外之貌。 玄宗：一作"元宗"。玄远的宗师，即黄帝和唐尧。晋支道林《大小品对比要钞序》云："夫般若波罗密者，众妙之渊府，群智之玄宗。"此句谓诗人独以太古的黄帝为宗，以为理想之高古人格的化身。《皋解》："此言神仙富贵，非有两途，故得乾坤浩气，追溯轩黄、唐尧气象，乃是真高古。若乃草木衣食，形容枯槁，仅山泽之癯，非神仙也。"

## 今 译

### [五] 高古

绝俗超凡的真人，手持莲花，
乘着真气飘然飞腾。
超度了尘世的劫难，
消隐于渺远的天庭。
明月升起，彻照着你体道的路径，
和风日夜与你相从。
清幽寂静的华山之夜啊，
传来阵阵唤醒痴愚的钟声。

臣繇言臣自遭遇先帝忝列
腹心爰自建安之初王師破賊
關東時年荒穀貴郡縣殘破
數三軍餽餉朝不及夕先帝
神略奇計任得以深山窮谷
獻米豆道路不絕遂使極

钟繇

呵，你抱朴守真，少私寡俗，
超脱了人间的是非纷争。
那渺远的黄帝唐尧，
正是你理想的元宗。

五 高古

## 导 读

此品再次表达了司空图的"见解"——对于得道者的精神自由的体验。在老庄的语境里，"见解"也是一种获得"自喻适志"的精神自由的法门（除"见解"外，尚有"心斋"、"坐忘"、"悬解"、"朝彻"等）。对此，庄子尝比喻道："忘足，履之适也；忘腰，带之适也；忘是非，心之适也。"（《庄子·达生》）所谓"心适"，即经由"虚伫神素，脱然畦封"而获得的心灵上的怡乐自由；正是这种"心适"，"畸人"才能接纳下一个"月出东斗，好风相从，太华夜碧，人闻清钟"的无限美妙的世界。易言之，唯有具备"乘真"的诗性人格，才能使得这个奇妙的世界存在着，使这世界像一个历劫犹新、闻所未闻的奇迹似地存在着。对于司空图来说，审美的成就，不仅成就了一个人，而且成就了一个世界，以及在这个世界上经由诗人的感悟而升发出的道境。

笼袖骄民图

## [六]　典雅 *

玉壶买春[1]，赏雨茅屋[2]。

坐中佳士[3]，左右修竹[4]。

白云初晴[5]，幽鸟相逐[6]。

眠琴绿荫[7]，上有飞瀑。

落花无言[8]，人淡如菊[9]。

书之岁华[10]，其曰可读[11]。

## 注释

\*典雅:《浅解》曰:"典则不枯,雅则不俗。"《臆说》:"典,乃典重。雅,即'风雅'、'雅饬'之雅。"

[1] 玉壶:玉制酒器,或仅以工状壶之色泽晶莹如玉之谓。鲍照《白头吟》云:"直入天丝绳,清如玉壶冰。"春:酒。唐时往往称酒名为"春",如富平之"石东春",剑南之"烧春"。详见《唐国史补》。买春:即买酒。《浅解》解为买春景:"春,春景。此言载酒游者,春光悉为我得,则以为实耳。"孔平仲诗:"买住青春费几钱",杨万里诗:"种柳坚堤非买春"。此句意谓体道者幽然自得,足见雅致。

[2] 茆屋;即茅屋。赏雨茆屋,即在茅屋里听雨吟诗。前句以玉壶买春,形容"典",此句于茆屋听雨,形容"雅"。

[3] 佳士:品学兼优的儒雅之士。

[4] 修竹:修长之竹状,喻君子"凌霄不屈己"之德。

[5] 初晴:一本作"初起"。

[6] 幽鸟:深色的鸟,与前句悠闲的"白云"相对。

[7] 眠琴:犹言横琴,或曰枕琴、抱琴而眠。《集解》:"眠琴,犹言横琴,言琴之眠于绿阴,但比横琴更妙。横琴可以弹,眠琴却不一定弹,犹渊明抚无弦之琴,但得琴中趣也。这样,与下句'上有飞瀑'自相配合、相掩映,可以看到人境双清,自然典雅。"

[8]落花无言:中国文人喜用的一种比拟,如"泪眼间花花不语"、"花无解语还多事"等诗句。

[9]人淡如菊:菊为孤高傲世之物,与梅、兰、竹一同构成文人雅士之所好。所谓"人淡如菊",即以菊花象征淡泊典雅的佳士。

[10]书:书写;之:代词,此,指典雅之境;岁华:年华,时光。此句意谓宜将此美景佳遇书写下来,以待日后玩味。《集解》认为:"之犹此也,就典雅说。岁华犹言岁时。'阳春召我以烟景,大块假我以文章',则书之岁华云者,亦即'一年好景君须记'之意云尔。幽赏未已,高谈转清,雅韵古色,庶几可读。"按,司空图在此所描绘的"典雅",与儒家传统中所标举的"典雅"名同义异。儒家所推崇的"典雅",诚如刘勰《文心雕龙·体性》篇中所云:"熔式经诰,方轨儒门。"意谓锐志进取,建功立业,自觉恪守儒家的伦理道德规范,以"修齐治平"为人生目标。而司空图《诗品》中所标举的"典雅",则颇类《世说新语》中那些"清谈名士"的风度、雅量,对人生看得极为淡泊,视世事若尘埃。雅和俗是相对的,但是儒家所说的雅俗和道家所说的雅俗,又是极不相同的。儒家的雅是以礼义为准则,建立在入世的基础上,所谓"俗"则是针对不懂礼义、文化水准很低的人而言的。道家的雅是以任乎自然为准则,建立在出世基础上的,所谓"俗"乃指俗世。

[11]其。语助词。读:有玩味之意。

## 今 译

### [六] 典雅

携着玉液琼浆,踏寻三春美景,
在茅屋里听雨麈谈。
雅集于修篁中的皆为儒雅之士,
此时正讨论着大道的流衍。
观赏着雨霁后的白云,相与追逐的幽鸟,
他们各有会心,难于尽言。
飞瀑流泉的天籁之声,入耳入心,
不知何时,竟相拥琴而眠。
落红遍野,寂然无声,
此情此景,好不令人流连。
呵,那淡若秋菊的迷人吟影,
岂不就是一首可风可咏的诗篇?

## 导 读

据《世说新语》载:"简文入华林园,顾左右曰,会心处不必远,翳然林水,便自有濠濮闲想,觉鸟兽禽鱼,自来亲人。"

由简文不禁令我们想见司空图其人，想见他那一派令人追慕的林泉高致。

一般来说，儒在钟鼎，道在山林。因此，当我们将视角从抽象的哲学概念转入对"自然"意象的审视，便会发现，"道"的特征正体现在与天地之美的契合。庄子一再强调："天地有大美而不言，四时有明法而不议，万物有成理而不说。"关键在于，谁能真正体悟到那种"不言"的"大美"。

"典雅"一品为我们呈示出一幅绝美的画面——修长的竹林环绕在茅屋周围，一位真人品尝着一壶春酒，自由自在地坐在茅屋内赏雨。其时，正是雨后初晴，天高气爽，幽鸟戏逐，欢歌和鸣。此时，"佳士"走出屋外，闲步赏景，置琴于绿荫之下，面对飞瀑，抚琴吟诗，人境双清，雅致已极——这正是作者审美意识的物态化，这种境界，正透发出作者与自然深刻的契合。

此一品的"确定性"在于标题对"典雅"的点明，在于文本中各个意象所显示的表层涵义；其"不确定性"则隐藏在文本的深层结构之中。——"落花无言，人淡如菊"，而这，不正是一个"以道视之"的"真人"眼中的镜象吗？不正是作者"书之岁华"的慕道之情的外化吗？

以鸛立若將飛而未翔踐樹塗之郁
烈兮步衡薄而流芳超長吟以慕遠
兮聲哀癘而彌長迺眾靈雜還
命儔嘯侶或戲清流或翱神渚或搛
明珠或拾翠羽從南湘之二姚兮攜漢
濱之遊女歎匏媧之無匹兮詠牽牛之
獨處揚輕袿之倚靡兮翳脩袖以延佇體
迅飛

姜宸英書

洛神賦

嬉左倚采旄右蔭桂旗攘皓腕於神滸
兮採湍瀨之芝余情悅其淑美兮心振
蕩而不怡無良媒以接歡兮託微波以
通辭願誠素之先達兮解玉珮以要之
嗟佳人之信脩兮羌習禮而明詩抗
瓊璫以和予兮指潛淵而為期執拳
之款實兮懼斯靈之我欺感交甫之
棄言悵猶豫而狐疑收和顏以靜志

富春山居图

## [七] 洗炼＊

犹矿出金[1]，如铅出银[2]。

超心炼冶[3]，绝爱缁磷[4]。

空潭泻春[5]，古镜照神[6]。

体素储洁[7]，乘月返真[8]。

载瞻星辰[9]，载歌幽人[10]。

流水今日[11]，明月前身[12]。

## 注 释

\*洗炼:《浅解》曰:"凡物之清洁出于洗,凡物之精熟出于炼。"《臆说》:"不洗不净,不炼不纯。"

[1] 犹矿:一作"如矿"。矿:金矿石。金:金子。

[2] 铅:方铅矿,含铅质和银质,炼银用方铅矿,故曰"如铅出银"。《浅解》:"金银出于矿铅,未洗炼不足重也。"以上二句通过炼金炼银喻示"洗炼"之境。

[3] 超心:犹言超脱杂念,一心一意,或曰专心。炼冶:冶炼之倒装说法。

[4] 绝爱:弃尽。缁磷:一作"细磷"。缁(音资),黑色。磷(音林),汉字本义为"薄石"。孔子《论语·阳货》云:"不曰坚乎?磨而不磷;不曰白乎?涅而不缁。"此为"磷缁"之本义。意谓坚固的东西磨也磨不薄,纯白的东西染也染不黑。此处似指云母石,系非金属元素,色黑,耐火。冶炼金属时必弃之。《浅解》:"缁、磷,非美质也。洗炼功到,则不美者可使之美,不新者可使之新,虽缁、磷亦绝觉可爱。一作活字用。缁所以染之使新,磷所以磨之使新,洗伐之功,深入无际,则新而益求其新,有令人最足爱者。"此解亦可参。谢灵运诗《过始宁墅》云:"缁磷谢清旷,疲薾惭贞坚。"李白《古风第五十》云:"赵璧无缁磷,燕石非贞真。"绝爱缁磷:谓提取精华,除去杂质,以求洗炼。

对"绝爱缁磷",目前一般有两种解释:一是把"绝"作"弃绝"解,谓在冶炼过程中对矿中所含缁磷之石尽弃之,以使金银纯净。(祖保泉说)一是把"绝"作程度副词解,"绝爱"即至为可爱之意。(见杨廷芝《浅解》)按:"缁磷"细辨文意,似当以杨解为妥,因此处不是强调"缁磷"本身可爱,而是极言"洗炼"之功——在冶炼过程中,务须将矿、铅中所含金银原质自然清晰呈现,"不美者可使之美"。若以人工冶炼,虽极尽工巧亦不可得最纯净之金银。

[5]泻春:春水流泻,喻其纯净。

[6]照神:映照出人的神态。老子《道德经·八章》:"居善地,心善渊,与善仁,言善信,正善治,事善能,动善时。"《臆说》:"空潭而曰泻春,则澄清彻底可知;古镜而曰照神,则一无蒙翳可知。"此二句均借用空潭和古镜以喻事物藉洗炼之功而内质朗现。

[7]体素:以纯素为体。《庄子·刻意》云:"故素也者,谓其无所与杂也;纯也者,谓其不亏其神也。能体纯素,谓之真人。" 储:储存;洁:纯洁。储洁,转义为保持纯洁的道德修养。此句意谓能体之素以储其纯洁,则可达到修炼成真人的程度,净而又净,毫无垢秽。

[8]乘月返真:乘月光之皎洁。《晋书·庾亮传》:'诸佐史殷浩等乘月登南楼",南楼:原为晋庾亮与属僚歌咏嬉戏之地。

《世说新语·容止》亦载此事。李白诗："清景南楼夜，风流在武昌。庾公爱秋月，乘兴坐胡床。"此处暗示仙境。 返真：返回无尘染的本初。《庄子·大宗师》："嗟来桑户乎？嗟来桑户乎？而已反其真，而我犹为人猗。"《庄子·秋水》："无以人灭天，无以故灭命，无以得殉名。谨守而勿失，是谓反其真。"《臆说》："体素储洁，曰白曰坚，本质自好。乘月返真，炼气归神。"又，有论者认为"乘月返真"之真为"仙境"，从唐人以仙为真说，并引证陈寅恪《读莺莺传》："故真字即与仙字同义，而会真即遇仙或游仙之谓也。"亦可备一说。

[9] 载：发语词，置于动词前，成对使用。瞻：仰望。星辰：一作"星气"，皎洁之光，有体素储洁之意。《臆说》："星辰无暗光，幽人无秽行。" 载瞻载歌：谓瞻之可见，歌之可闻。

[10] 幽人：幽隐之人。《易》云："幽人贞洁。"此上下句意思连贯，谓高洁的隐士一面仰望星斗，一面歌吟自得。又与前句通，孙联奎云："星辰无暗光"，喻"洁"，"幽人无秽行"，喻"真"。可前后印证。

[11] 今日流水：以流水明净喻今天的修养状态。

[12] 明月前身：以皎洁无瑕之明月喻示以前的修养功夫。前身：佛家语谓"前生"。无名氏《诗品注释》："言流水是我今之日，而活泼无穷；明月是我前之身，而修因有素也。今字有当前指点意，前字有三生夙业意，二语使人神往。"此二句谓前身及眼下的洗炼功夫。

## 今 译

### [七] 洗炼

如将金矿石百炼成金,
如将方铅矿冶炼出银。
精心地剔除尽胸中的杂质,
把道心修炼得古朴、清纯。
像空潭流泻的清澈春水,
像新拭的古镜鉴人。
得道者呵,总是谨守勿失,
永葆一颗无瑕的素心。
只要不断皈依那至纯的本真,
又何必羡慕那清虚的仙境?
当我举首仰望,星空正流泻着圣洁的光辉,
复咏幽人,心头感动着大道的无穷,
呵,谁说幽人今生才修炼成这流水般的灵明境界,
其实,他们的自性原本就如明月般纯净。

### 导 读

邵按,道是一种自然纯净、返归本体的境界,而绝无世俗

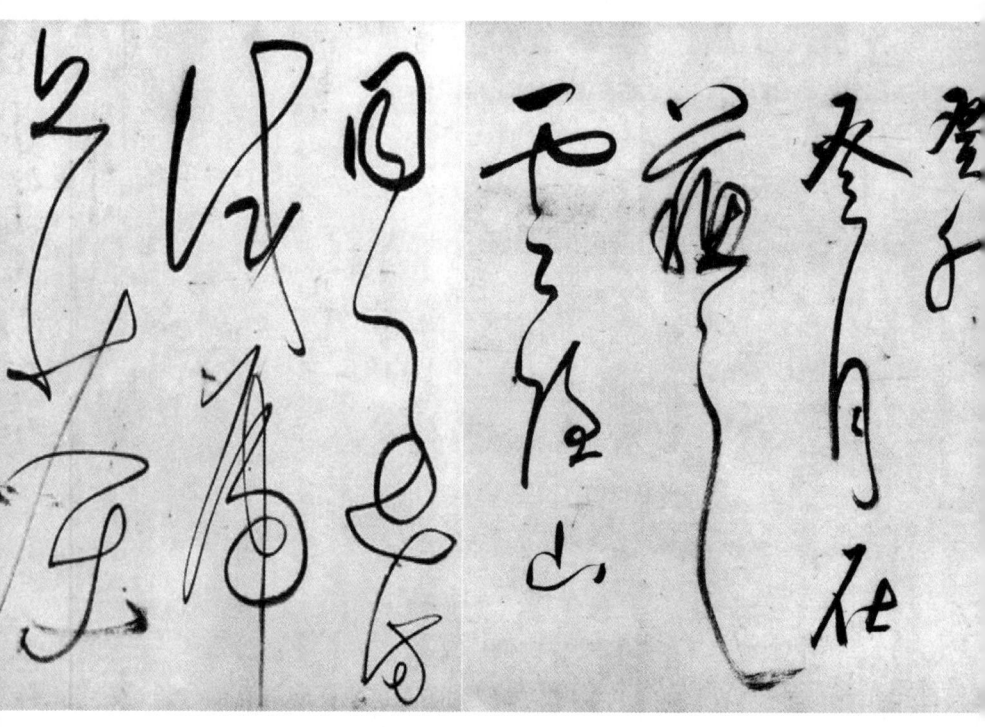

董其昌

尘垢之掺合，故云："如矿出金，如铅出银。"所谓"超心冶炼"，指的是修心智成就，所谓"涤除玄览，能无疵乎？"（老子）就是说修炼到"绝爱缁磷"还须"洗炼"，进而达到洗尽铅华、法天法地的纯粹无疵，才能返还本初，合于自然之道，达到如斯境地，内心才能如"空潭泻春，古镜照神"（注意：镜水映形，不设智、不施巧，故人之形皆以实应之，妍媸莫能逃也），尽显其素洁之本体，此处不妨重新体味老子所言的"七善"境界（"心善渊，与善仁，言善信，正善治，事善能，动善时"）。

  从"洗炼"一品中，我们也不难体味司空图的真实心境。司空图虽心仪于道，却无幸见到合道的现实人文环境。天下滔滔，皆为利往，何处有净土可以退守。既然人们一叶障目，耽于眼前的物欲，昧于得道境界的美妙，故司空图专列"洗炼"一品，将惚兮恍兮、不可言说的"道"变得美奂美轮，魅力无穷；同时，他也警示世人要"绝爱（即"尽弃"之意）缁磷"，明心见性，拒斥来自现实的强大的物质诱惑，永葆归真返朴的纯净本色，进而达至"体素储洁，乘月返真"的境界。

匡庐图

## [八] 劲健 *

行神如空[1]，行气如虹[2]。

巫峡千寻[3]，走云连风[4]。

饮真茹强[5]，蓄素守中[6]。

喻彼行健[7]，是谓存雄[8]。

天地与立[9]，神化攸同[10]。

期之以实[11]，御之以终[12]。

## 注 释

＊劲健：《浅解》曰："劲则不敝，健则不息。"《臆说》："劲健，总言横竖有力也。"

[1] 行神：行，运行，即人运之以行；神，精神，指真人的精神气象。行神如空：谓诗人的精神如凌空翱翔，无滞无碍。

[2] 气：气势，指真人气势超凌不凡；虹：彩虹。《集解》："行神则劲气直达，绝无阻碍，故云如空；行气则硬语盘空，苍莽横亘，故云如虹。力写劲健二字。" 行气如虹：谓诗人的气势如长虹横空，威力无穷。李贺诗《高轩过》云："入门下马气如虹。"

[3] 巫峡：长江三峡之一，又称大峡，在今四川省境内，从大宁河口一直延伸到湖北省的官渡口，全长四十公里，两岸群峰如屏，风光绚丽，以巫山十二峰最为著名。寻：古时以八尺为一寻。千寻：极言巫山之高。《集解》："以巫峡千寻之险境，而能走云连风于其间，足见大气流行，正是劲健二字最形象化的描写。"

[4] 走云连风：如云如风般迅疾运行，与前句"行神如空"相扣合，以状劲健之气奔走之势。

[5] 饮真茹强：真，指真力、真气；茹，食；强，指强力、劲气。此句强调"劲健"之力来自于自然本体，"饮真茹强"

亦即所谓"其体内充",指内心充满了阴阳和合之元气。

[6]素,本质,指劲健的本质;守中,即守住心中的大道,语出《道德经·五章》:"多言数穷,不如守中。"《集解》:"所饮者真,所茹者强,则真力弥满,劲气充周矣。曰饮,曰茹,正见得经过消化,化为己有,所以再补一句'蓄素守中',才见得蓄之于平日,存之于心胸,是集义所生,非义袭而取之矣。"此句意谓惟有长葆内心纯净明灵,以虚静之心胸容纳太和之真气,方可为"劲健"提供不竭的精神能源。也惟有如此,才有持久的力量。老子曾以"橐龠"(即风箱)作例,谓其"虚而不屈,动而愈出",以至无穷,此之谓也。

[7]喻:同"谕",晓谕,喻勉;彼:那,对应"此";行健:永不停息,精进不已。语出《易·乾卦》:"天行健,君子以自强不息。"

[8]是谓:是……之谓。存雄:与"守雌"对应,并与上句相连,极言"劲健"之境。《庄子·天下》云:"天地其壮乎?施存雄而无术。"是说惠施欲存天地之雄而无术,此"雄"即"天地之壮"也,而天地之壮则为自然之景观,而非人力之所能为也。此意亦源于老子《道德经·二十八章》:"知其雄,守其雌",谓深知其雄强,而安守于雌柔,此即以柔克刚之意。故知"存雄"实为保持自然之雄强也。——此句极言"劲健"的功用,意谓能像行健的天一样自强不息,"积健为雄",则其功用足可与自然造化相同。

[9]天地与立：此句承上文"喻彼行健"，如此，则可与天地并立。

[10]神化攸同：与造化同功。攸：语中助词。相当于"所"。

[11]期之以实：期：企求；实，（内心）充实。此句谓中心充实，摒弃虚矫之气，故能得其"劲"。

[12]御之以终：御：驾御，控制。终：终久，此指永远不变。此句谓如能始终恪守大道，略无间日，则必能得其"健"。两个"之"字分别指"劲健"。

# 今 译

## [八] 劲健

化人心游万仞，神行太空，
凌越的气势直欲贯虹。
巫峡峻极于天，风云迅疾运行，
滂沛的元气鼓荡其中。
自能劲气内敛，真力弥满，
如日月经天，自强不息，

——这才是真正的"积健为雄"。
与天地齐立,与造化同功,
只要皈依于虚而不屈动而愈出的"道",
必将受用无穷。

## 导 读

　　道家所追慕的逍遥境界包括形体与精神两个方面,所谓"乘云气,御飞龙,而游乎四海之外"(《庄子·齐物论》)、"乘夫莽眇之鸟,以出六极之外,而游无何有之乡"(《庄子·齐物论》),此处的乘、御、骑皆指某实体、形体的行动,作为实体的云气、飞龙、日月,皆为形体的载体,这种直觉想象中的实体与载体因了"逍遥"的主体意向而突破一切外在的羁勒,从而实现了"乘天地之正""以游于无穷"的境界。而所谓"行神如空,行气如虹",则是指"真人"、"畸人"御风而行的精神意态;正是在这种精神意态的驱策下,才会有"巫峡千寻,走云连风"的形体动作——"真气内充"、"饮真茹强"外化为"天行健,君子以自强不息"的"劲健"。至于"蓄素守中"则表明对于体道者而言,这种"劲健"之势来自自然本体,若能"期之以实"(即

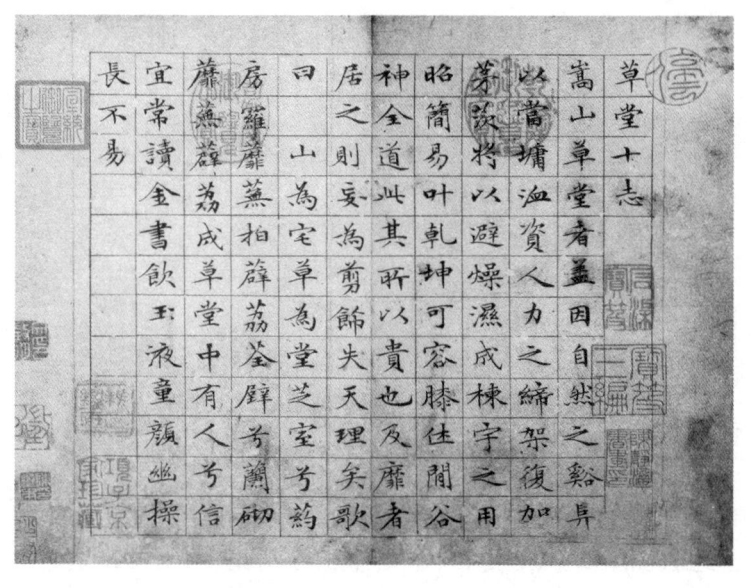

文徵明

皈依于虚而不屈动而愈出的"道"），必将受用无穷，必可"御之以终"。

八 劲健

江帆楼阁图

### [九]　绮丽 *

神存富贵[1]，始轻黄金[2]。

浓尽必枯[3]，淡者屡深[4]。

雾余水畔[5]，红杏在林[6]。

月明华屋[7]，画桥碧阴[8]。

金樽酒满[9]，伴客弹琴[10]。

取之自足，　良殚美襟[11]。

## 注 释

*绮丽：《浅解》曰："文绮光丽。此本然之绮丽，非同外至之绮丽。"《臆说》："绮则丝丝入扣，丽则灿烂可观。"

[1]神存：犹言真人精神上的自足之境；富贵：此处之富贵，既非物质享有，也非指世俗荣华，故云"神存富贵"。

[2]此句通过对黄金的态度，表明真人对自然美或精神财富的追求。无名氏《诗品注释》云："言神之所存者，必有真富贵，乃能不以形迹之富贵为富贵，而可轻彼黄金也。"

[3]浓尽必枯："浓"指物形或辞藻之浓艳。"枯"既可谓内心之枯竭，也可谓诗意之枯竭。另外，此句还含有变化之规律性暗示。

[4]淡者屡深：一作"浅者屡深"。"淡"指物性之清淡或辞藻之恬淡，"深"，则指内心之深厚或诗味之久永。屡：多次，常常。此句谓外淡而内浓者才是真富贵，即绮丽。

[5]雾余水畔：一作"雾余山青"，一作"露余水畔"。《浅解》云："雾余者，雾已收而未尽收，雾縠霏微，余阴晚沉于水畔，则水气与雾气交映成文。"此句喻示"淡、绮"之境。

[6]红杏在林：即满树红杏遍野春色。此句扣合品题，喻示"浓"、"丽"之境。

[7]月明华屋：即明月照华屋。无名氏注云："月照于华屋，

则屋之丹青,刻镂者愈精神。"

[8] 画桥碧阴:即雕刻如画的桥映在绿荫中。无名氏注云:"阴碧于画桥,则桥之彩色,艳妍者愈形绚烂。碧阴,如杨柳之阴所覆皆碧也。"以上二句状写"绮丽"之境。

[9] 金樽:樽为古代盛酒器具。杨廷芝《诗品浅解》注云:"酒满不必金尊,而金尊酒满,精光辉映,不期绮丽而自绮丽。"

[10] 伴客弹琴:一本作"共客弹琴"。

[11] 良殚美襟:语本陶渊明《诸人共游周家墓柏下》:"未知明日事,余襟良已殚。"良:副词,很,极;殚(音旦):尽、完全;襟:本指衣襟,后引申为襟怀、胸怀。无名氏注云:"殚,尽也。襟,襟怀也。美,好也。"《注释》云:"言抚斯境也,取之于内,无不自足而有余,良足以殚一己之美襟而舒畅于怀抱也。"《古诗十九首》:"涤荡放情志,何为自结束。"此句意谓放意肆志,尽情而游,极一时之逸兴。

## 今译

### [九] 绮丽

真人注重精神上的风采,

往往轻视物质上的富贵。
绚烂之极必归于平淡,
平淡之中却寓有深邃。
水畔晨露,红杏闹春,
明月映照着华屋,画桥上新竹吐翠。
临风把酒,
对客抚琴,
——这或"浓"或"淡"的一切,
令我醉心。
它取之不尽,用之莫竭,
足以满足我对大道的追寻。

## 导 读

在我国传统诗学的语境中,"绮丽"本指绮靡华丽,不无讥贬之意,如李白《古风》之一云:"自从建安来,绮丽不足珍。"杜甫《偶题》亦云:"前辈飞腾入,余波绮丽为。"似指六朝华艳绮靡、采丽竞繁之作,富贵气颇重,而人为雕琢之痕迹亦较显露。而在司空图《诗品》的语境中,"绮丽"则不复是对一种文学风格的指称,而是指得道者的一种本然的风神。诚如《集解》所说:"此言富贵华美,出于天然,不以堆金积玉为工。"亦如《浅解》所云:"文绮光丽,此本然之绮丽,非同外至之

# 九 绮丽

宋徽宗　芙蓉锦鸡图

绮丽。"故首二句言"神存富贵，始轻黄金"，黄金代表着形而下的"器"，自然为追慕形而上的"道"的真人所轻。若"以道视之"，那种人为雕琢的"绮丽"本身也是一种"器"，尽管外表浓艳，但"浓尽必枯"；而真正的有道之士往往"披褐怀玉"，也就是说，在道家的语境中，天下有至贵而非势位之尊，有至富而非金玉之巨，有至寿而非千岁之龄。原心返性则贵，适性知足则富，明死生之分则寿，明乎此理，方能解悟何为"神存富贵"，何为"淡者屡深"。"神存富贵"者，其外表看来非常朴淡，可内心却丰盈自足。此亦即东坡所说："质而实绮，癯而实腴"（苏辙《追和陶渊明诗引》所引）。

　　接下来的四句景物描写：清净的水边飘荡着淡淡的雾气，林中的红杏呈现出鲜艳的色彩，明亮的月光夜照在华丽的屋上，雕画的小桥深隐在碧绿的树阴之中。置身于如此"绮丽"的背景中，"金樽酒满，伴客弹琴"，这将是何等惬意的事啊！——九、十两句，景物与体道者"良殚美襟"的心境互为象征。全诗就结穴于这种"用之自足"的自融之境中。

双喜图

### [十] 自然 *

俯拾即是[1],不取诸邻[2]。

俱道适往[3],着手成春[4]。

如逢花开[5],如瞻岁新[6]。

真与不夺[7],强得易贫[8]。

幽人空山,过雨采蘋[9]。

薄言情悟[10],悠悠天钧[11]。

## 注 释

\* 自然：杨振纲《诗品解》引《皋兰课业本原解》（以下简称《皋解》）："此言凡诗文无论平奇浓淡，总以自然为贵……若出于矫强，毫无天趣，岂足名世。"

[1] 俯拾即是：俯身拾取，随手可得。此谓道无所往而不在。

[2] 不取诸邻：此谓得道者惟心自运，不必假借他人。

[3] 俱道：语出《庄子·天运》："道可载而与之俱也。"所谓道即自然。 适：意犹往。《论语·子罕》云："可与共学未可与适道，可与适道未可与立。"适往：即前往。《集解》云："既与道俱而再适往，自然无所勉强，如画工之笔，极自然之妙，而着手成春矣。"

[4] 着手成春：即按照自然之道前行，则一经手就能写出好诗。杨廷艺《诗品浅解》云："着手句，言如画工之肖物，随手而出之。"

[5] 逢：偶遇。

[6] 如瞻岁新：喻示像辞旧迎新一般自然。瞻：观看。以上二句喻示"自然"之境，如花开、如辞旧迎新一样自然而然。《注释》云："花之开也，非人为；岁之新者，非强致。如逢如瞻，则其理可知矣。"

[7] 真与不夺：语似出《道德经·五十四章》："善建者不拔，

善抱者不脱。""与"同"予";夺:丧失。此句乃得道之言,意谓:建立在心里的(道),是真正属于我的,不会被夺走。

[8] 强得:勉强得来。易贫:容易丧失。此句意为体道之言,意谓勉强得来的容易丧失。此二句喻示"自然"与不自然二者之间的区别。

[9] 幽人:指得道之真人。过雨采蘋:一本作"过水采蘋",又一本作"过雨果苹"。蘋(音贫)为联类植物,生于浅水,茎横生于泥中,叶有长柄,柄端生有四片小叶,俗名"田字草"。此句与上句连,谓隐士居于山中,不以人欲而违天机,雨后闲步,偶见苹草,随意采撷,任性适意,皆言生趣盎然纯任自然之意。

[10] 薄言:语助词,发语之辞。《诗经·芣苢》曰:"采采芣苢,薄言采之。""情",情性,本性,即指自然天性。情悟:指一时之情适心有所悟,即悟得以上所述之"自然"之道。

[11] 悠悠天钧:悠悠,犹言长久不息。天钧:谓天道运行不息。钧:本是制陶器所用的转轮,此处借指天道运行。语出《庄子·齐物论》:"是以圣人和之以是非而休乎天钧。"天钧,别本作天均,成玄英疏云:"天均者,自然均平之理也。"意谓听任万物之自然平衡运行。这二句是说以自然之本性去领悟万物之自在变化。《集解》云:"言任天而动,若泥在钧,惟甄者所为也。"此句意谓真人于山中悟得道的真谛,与自然均调,与大化相运行。

## 今 译

### [十] 自然

对于体道者而言,
"道"无所不在,不须向外撷拾。
只要不离逸"道",
一切都会化作醉心的景物。
——这一切如同花开岁迁一样自然,
建立在心底的"道"不会隳灭,
勉强得来的容易丧失。
看,那位幽人正在雨后采撷苹草,
似乎蓦然受到来自然的启示,
忽有所悟,想必已与大道情合神契。

## 导 读

不少论者将司空图《二十四诗品》中的"自然"视为中国古代文学创作中最高的理想审美境界,认为其哲学和美学基础是在老庄所提倡的任乎自然,反对人为。论者们还不约而同地援引刘勰在《文心雕龙·原道》篇中的"云霞雕色,有逾画工之妙；草木贲华，无待锦匠之奇；夫岂外饰，盖自然耳"之语，以作为立论的支撑。其实，这与此品的旨意渺不相干。司空图在此所谈的重心是"自然"——是道的本然自性与修道者（"幽人"）所应达至的境界。

那么，究竟何为"自然"，在《诗品》的语境里，"自然"涵盖着外部与内部两个方面。它首先包括某种能与外部自然相关的在本体论上确立起来的"性本"（内部自然）；所谓"适往"，就是返回"性本"。只有在此基础上，外部自然的意义才会显现出来。

若从老子的语境来解释，所谓："人法地，地法天，天法道，道法自然。"（《道德经·第二十五章》）老子在此强调的"自然"，是道本身的绝对性、自在性，它无须效法任何外在之物，也没有任何一个东西可以凌驾其上，所谓"自然"，即无假外力，自然而然，无形无言，（恍惚）无为，这正是"道"的本性所决定的。《庄子·天运》亦云："道可载而与之俱也。"道，即指自然，若能与自然而俱化，则着手而成春，无须竭力追求，此正所谓"如花之开，如岁之新"，皆为自然而然之现象，非依人力而产生。所谓"道法自然"正是"道性自然"的结果，它"独立而不改，周行而不殆，可以为天下母"，原来如此，本然如此，故谓之"自然"，其意与佛教的所谓"法尔如是"庶几近之。

以此视角读解首二句"俯拾即是，不取诸邻"，便不难寻绎出其本意是强调道境乃任其自然而得，不必着意搜寻，故下面二句承接此旨："俱道适往，着手成春。"接下来的"逢"、

黄公望　富春山居图

"瞻"、"采"字，读时皆不能恝然放过，因为在道家看来，所谓明者，非谓其见彼也，自见而已。所谓聪者，非谓闻彼也，自闻而已。所谓达者，非谓知彼者，自知而已。道之得也，以视则明，以听则聪，以言则公，以行则从。明乎此，我们便有理由断言：以往不少论者将"自然"视作是对一种文学风格的概括，实在是语嫌肤略，未窥要眇，其与文本的语义指向多有未合。

接下来，司空图进一步表达了他对"道"的某种感悟，"真与不夺，强得易贫"——这大似老子所谓"善建者不拔，善抱者不脱"（凡是在内心中建立的德，就不会被拔掉；在心中护守的道，就不会脱去），而欲凭人力强得者，反而容易失去。

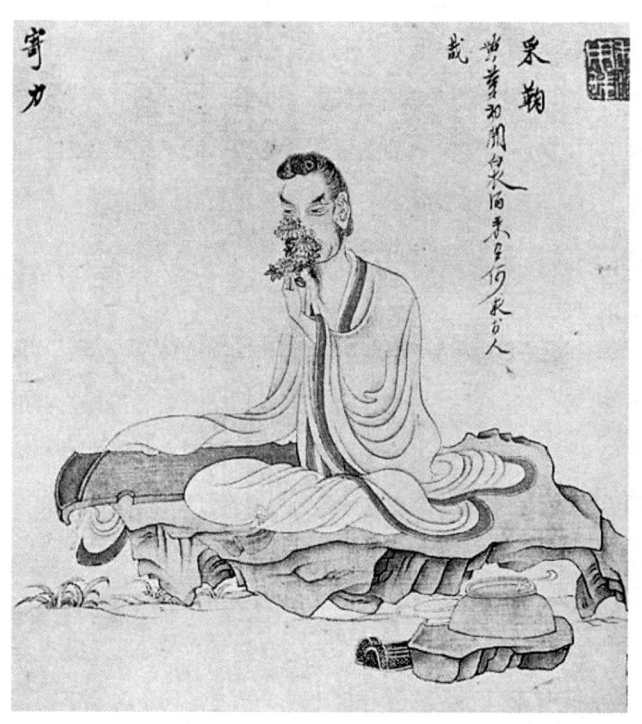

渊明簪菊图轴

## [十一] 含蓄*

不著一字[1]，尽得风流[2]。

语不涉己，若不堪忧[3]。

是有真宰，与之沉浮[4]。

如渌满酒[5]，花时返秋[6]。

悠悠空尘[7]，忽忽海沤[8]。

浅深聚散[9]，万取一收[10]。

## 注 释

\*含蓄:《皋解》曰:"此言造物之功,发泄不尽,正以其有含蓄也。若浮躁浅露,竭尽无余,岂复有宏深境界,故写难状之景,仍含不尽之情,宛转悠扬,方得温柔敦厚之遗旨耳。"《浅解》:"含,衔也;蓄,积也。含虚而蓄实。"

[1]著:一作"着"。义为"显露"。《注释》:"著,粘著也。言不著一字于纸上,已尽得风流之致也。此二句已尽含蓄之义,以下特推而言之。"翁方纲《神韵论》云:"不著一字,正是谓函盖万有。"

[2]风流:本指声名赫赫而又文采昭然之士,或指才华出众而又不拘礼法的人物,后多指倜傥潇洒的气度。此处指真人得道后超然风致。《注释》云:"此二句已尽含蓄之义,以下特推而言之。"此说极是。

[3]语不涉己,若不堪忧:一本作"语不涉难,已不堪忧",又一本作"语不涉难,若不堪忧"。(言语中并无词语直接抒发诗人自己的痛苦,读起来却叫人痛苦得难以忍受)。《浅解》:"语不涉己,言其语意不露迹象,有与己不相涉者。若不堪忧,是本无可忧,而心中之蕴结,则常若不胜其忧然。"

[4]是:《臆说》解:"是字,指题目含蓄言,亦是总顶上文。"是有:即于中有。真宰:主宰万物之道,即自然的主宰。《庄子·齐物论》云:"若有真宰,而特不得其朕。"郭象注云:"万

物万情，趣舍不同，若有真宰使之然也。起索真宰之朕迹，而亦终不得，则明物皆自然，无使物然也。"沉浮：原指物在水中与之或沉或浮，此处指真人在体道过程中心境随自然而变化，谓含蓄并无定法，还需随运而变。《集解》云："有此真正主宰，主乎其内，自然表现于文辞者，也就与之或沉或浮而若现若不现了。这即说明含蓄之真谛。"

[5] 渌：同"漉"，滤去水分或渣滓，使液汁慢慢渗下。如渌满酒：一本作"如满绿酒"，指酿酒时发酵的粮食已满含酒汁，但酒需慢慢地渗出，且渗渌不尽。以上以漉酒作喻，状含蓄之特征，有隐寓道不可尽言之意。

[6] 花时返秋：开花之时忽遇寒气，则花儿便不能完全开放。亦寓有含蓄之意。《集解》："如花开然，花以暖而开，若还到秋气，则将开复开，有留住状。描写含蓄，都很具体。"

[7] 悠悠：广大貌。空尘：空中的微尘。

[8] 忽忽：海水流动貌。沤：水泡。

[9] 浅深：指水沫在海中有深有浅。聚散：指微尘在空中或聚或散。《集解》："如浮尘之在空际，悉归笼罩；如浮沤之处大海，气积其中：是亦一含蓄现象也。然而空尘悠悠，舒缓无穷，海沤忽忽，为时无多，同一含蓄而有久暂浅深之分。"

[10] 万取一收：可取者如海中之沤无以穷尽，收入笔端时则只取其万一，以一驭万，以小见大，以少见多，也是极言含

蓄之美。《臆说》:"万取,取万于一,即不著一字;一收,收万于一,即尽得风流。"《集解》:"尘与沤之深浅聚散,形形色色,博之虽有万途,约之只是一理,要均归于含蓄而已。含蓄则写难状之景,仍含不尽之情,也正因以一驭万,约观博取,不必罗陈,自觉敦厚。"

## 今 译

### [十一] 自然

并未在纸笺上表露一字,
却已尽得高士的风流;
无须长吁短叹,低吟浅唱,
已令人不胜天地之悲愁。
——心中既已拥有自本自根的"道",
就要不断体悟,悉心恪守。
如同酒汁缓缓沥出,
如同花开忽临肃秋。
呵,浩浩天宇布满微尘,
茫茫大海尽是浮沤。
其间或深或浅,或聚或散,

惟有"道",贯注心中,普运周流。

## 导 读

"含蓄"固为中国古代意境的主要美学特征。"不着一字,尽得风流",曾被后来的不少文论研究专家释为"含不尽之意,见于言外",以致将司空图所谓的"含蓄"理解为一种诗歌风格,其实,这大非司空图的本意;个中的关键在于,司空图在《诗品》中始终是"以道观之",而不是"以诗(或诗歌风格)论之"。

因此,此处的"含蓄"乃"真宰"("道"之别称)的自然本性,出自《庄子·齐物论》,即指万物运行的内在规律,它不以人的意志为转移;其本然自在的规律使"含蓄"呈现出自然的态势,似有无穷无尽的深意蕴藏其中,如酒之渗出,虽已积满容器,仍不断渗出,永无尽时;又如花之开放,遇秋寒之气,则放慢其开的速度,含而不露。后四句则更以"空尘"、"海沤"为喻,以状其无穷无尽,变化不测,或深或浅,或聚或收,具有不可言传的性质。

在此,不妨拈举《庄子·天道》中的一则寓言,窃以为它似乎最能表明庄子本人对语言表达能力的怀疑。轮扁见桓公在读书,就说:"君之所读者,古人之糟魄已夫!"他解释道,自己造车的技术"得之于手而应于心,口不能言",连自己的

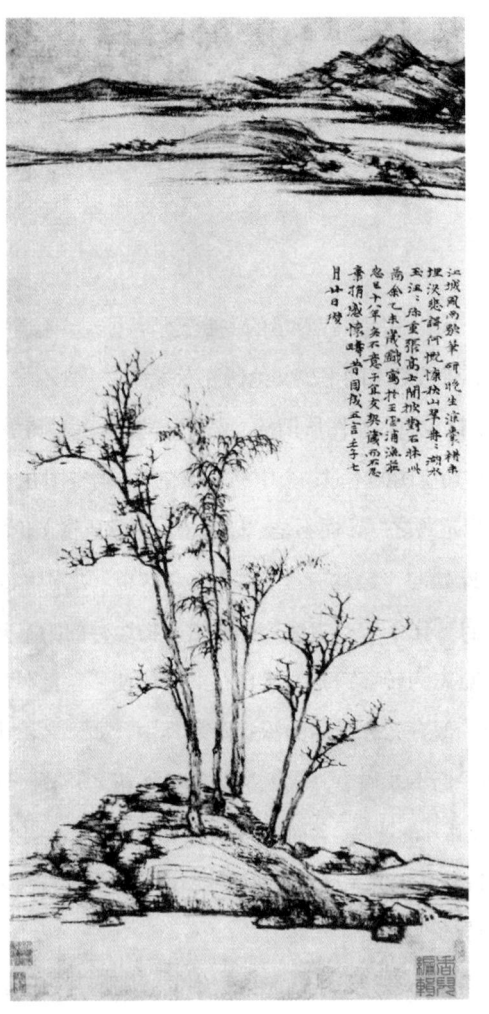

儿子都无法传授，早已死去的古人又怎能通过外在的文字，将他们的心志传达给后人呢？故陆机在《文赋》中慨乎言道："是盖轮扁所不得言，亦非华说之所能精"，即以此寓言申说创作之艰难。正是基于对语言表达的这种局限，《庄子·知北游》曰："道不可闻，闻而非也；道不可见，见而非也；道不可言，言而非也。"而真正的"善为道者"，当如《列子·仲尼》所云："亦不用耳，亦不用目，亦不用力，亦不用心。欲若道而用视听形智以求之，弗当矣。"此皆表明人的感知能力至为有限，只有超越感觉局限，才能达于"万取一收"之境。

千里江山图

## [十二] 豪放＊

观花匪禁[1],吞吐大荒[2]。

由道返气[3],处得以狂[4]。

天风浪浪[5],海山苍苍[6]。

真力弥满[7],万象在旁[8]。

前招三辰[9],后引凤凰[10]。

晓策六鳌[11],濯足扶桑[12]。

## 注 释

＊豪放：《浅解》曰："豪迈放纵。豪以内言，放以外言。豪则我有可盖乎世，放则物无可羁乎我。"

[1]观花匪禁：一作"观化匪禁"。匪，不。观花匪禁，即所谓"看竹何须问主人"之意，足见其"放"。按，《臆说》解"花"作"化"，云："观，洞观也，洞若观火。化，造化也。禁，滞窒也。能洞悉造化，而略无滞窒。"此解甚是。祖保泉《司空图诗品臆说》解"观花匪禁"为"放眼在都城看花"，并引孟郊《登科后》诗句"春风得意马蹄疾，一日看尽长安花"，以言其放，亦通。

[2]大荒：谓海外极远之地。《山海经》有"大荒经"，状其辽远荒漠。诗人用来状豪放之气。贾谊《过秦论》云："有席卷天下，包举宇内，囊括四海之意，并吞八荒之心。"此亦所谓"吞若云梦者八九，于其胸中曾不蒂芥"之意，复见其"豪"。

[3]由道返气：道为万物之源泉、根本。气为万物之元素构成。 由道返气，即视物取象不离道的根本，再从道的本原认识物象的变化。《集解》："由道返气，言豪气是集义所生，根于道，故不馁。处得以狂，言忘怀得失，才能自得，超于世，故无累。不馁无累，自近豪放。"

[4]处得以狂：一作"处得以强"。狂：狂放不羁。即以狂为处世吟诗之要端，几近豪放。郭绍虞解曰："由道返气，言

豪气是集义所在，根于道，故不馁。处得以狂，言忘怀得失，才能自得，超于世，故无果。不馁无累，自近豪放。"

[5] 浪浪：流动之状。语本屈原《离骚》曰："揽茹蕙以掩涕兮，沾余襟之浪浪。"

[6] 苍苍：深青色，谓山川河海苍茫。

[7] 真力：真正的气概和力量。弥满：弥漫，或充满。真力弥满：犹言宇宙元气和诗人豪气化为一体，充满天地之间。参看"雄浑"注[2]"真体内充"条。

[8] 万象：万物，或万物的气象。在旁：如在近旁，咫尺可触，以供役使。孙联奎注解云："凡所应有，无不俱有，鬼斧神工，奔赴腕下，是之谓万象在旁。"似与创作时的书写动作过于紧贴，实谓创作之际形象之招之即来，浮想联翩。

[9] 三辰：指日、月、星。

[10] 凤凰：祥瑞之鸟，凤为雄，凰为雌。

[11] 晓：拂晓，清晨。策：策动，驱使。六鳌：六只鳌鱼，见于《列子·汤问》：渤海之东有五山，上居仙人，因山不相连，恐流散失，天帝遂命禹疆使十五只巨鳌举首负载之。龙伯之国有大人，一钓而连六鳌，致使其中岱舆、员峤二山无所依托，北流沉于海。故今仅剩蓬莱三岛存之。

[12] 濯（音昨）足：洗脚，可泛指沐浴。此处阴袭左思《咏史诗》："振衣千仞岗，濯足万里流。" 扶桑：古时神话中

的神树名，后代指日出之所，谓日出扶桑。《十洲记》云："扶桑在大海上，树长数千丈，一千余围，两干同根，更相依倚，日所出处。"《山海经·海上东经》："（黑齿国）下有汤谷，汤谷上有扶桑，十日所浴。"《淮南子》记云："日出于旸谷，浴于咸池，从扶桑上方拂掠而过，升上天空。"屈原《离骚》："饮余马于咸池兮，总余辔乎扶桑"，"前望舒使先驱兮，后飞廉使奔属"。诗中谓诗人遣星辰，引凤凰，驱巨鳌，沐扶桑。可见其有经天纬地之胆，呼神驭鬼之才，以状其豪放之态。

## 今 译

### [十二] 豪放

静观大化周流运行，
气势直欲吞并八荒。
"道"一旦化作斡旋天地的"真气"，
我便忘怀得失，若痴若狂。
一任大海在心中翻卷，
一任长风在胸中激荡，
更有日月星辰任我驱遣，
鸾皇为我高歌引吭。

——我似乎进入窈兮冥兮的道境，
驾驭着巨鳌在拂晓东行，
且忘情地沐浴在太阳升起的地方。

## 导 读

在"豪放"一品中，司空图所张扬的是一种积极的体道精神和乐观态度，这显然是一个对"道"有了深入、真切的感悟以后的人内心的充实、坚定与自豪。

在司空图的语境中，道的运行与人的情感样态之间有一种契密的联系；也就是说，道的运化流转造成了情感状态的多样性。如"雄浑"是"道"的本真状态，以冲虚为体；"流动"是"道"的本质属性，以变化为宗。

高台对月，溪涧垂钓，幽室听琴，禅榻高卧，啸吟歌咏，一觞一饮，如闲云清风般轻盈闲逸，任意适性，是一种境界；似山鹿野鹤，自由自在，无所羁绊，则又是一种境界。"无为"，即不为物先，是一种境界；"无不为"，即因物之所为，所谓顺物之性也，亦是一种境界。而"天风浪浪，海山苍苍。其力弥满，万象在旁"，同样也是一种境界。须当措意的是，道家一向强调"内修其本"，而非"外修其末"，强调"保其精神"，"真力弥满"；因此，此品中的"豪放"不是在通常意义上使

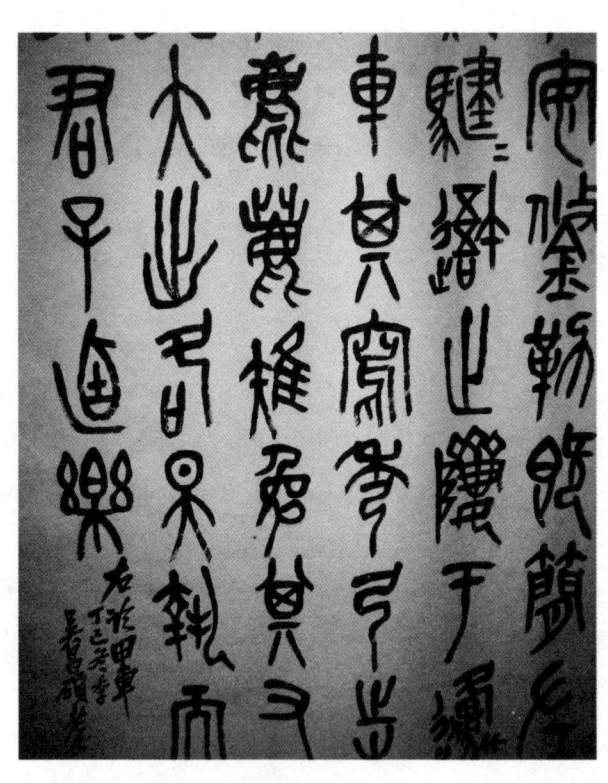

吴昌硕　大写意

用的,而是"观化匪禁,吞吐大荒"的气概。有了这种气概,宇宙万象便可以任其驱使,便可"前招三辰,后引凤凰。晓策六鳌,濯足扶桑",此与屈原《离骚》中"饮余马于咸池兮,总余辔乎扶桑","前望舒使先驱兮,后飞廉使奔属"的豪放,正同一机杼。

此品结穴四句,为我们指出脱离束缚通往自由之境的道路。这种自由之境带来的是生命由压抑到释放的狂欢,是真正的"生命感性之舞"。实现这种"生命之舞"大抵需要两个条件,其一,要超越自我迷恋的本然状态;其二,要使心灵完全解禁。惟有如此,才能涤除烦恼、浑忘物我,进入大化之境——而这,便是司空图自觉或不自觉的文本操作指标。从这个意义上说,与其说《诗品》是诗人体道的言说方式,不如说是司空图本人的自我认知与外部世界发生关系的行为方式。

质言之,此乃从"道"的高度视"物"的具象化表达,通过以虚涵实、化实为虚,将"天风浪浪,海山苍苍"的境界大大拓展。

清明上河图

## [十三] 精神*

欲返不尽[1],相期与来[2]。

明漪绝底[3],奇花初胎[4]。

青春鹦鹉[5],杨柳楼台[6]。

碧山人来[7],清酒满杯[8]。

生气远出[9],不着死灰[10]。

妙造自然[11],伊谁与裁[12]?

## 注 释

＊精神：《浅解》曰："精含于内，神见于外。"《臆说》："人无精神，便如槁木；文无精神，便如死灰。"

[1]返：返回，归还。《说文》："返，还也。"《浅解》："精含于内，神见于外。""精由于聚，人欲返而求之，则有不尽之藏，神得所养，而心之和期者遂与之以俱来。"此句谓精神蕴藏于内而发显于外，故欲返之于内而求之则愈觉不尽，心与之相期则自然而来。

[2]期：本指期限，转义为"约会"或"期待"。《诗经·鄘风·桑中》云："期我乎桑中。"相期，即相约，相待。若揆诸下文"碧山人来"，作意更为显豁。此句意谓如有道之士相期于心而见于外，则神契而笔随。

[3]漪（音一）：水面微波。《广韵》曰："漪：水文也。《初学记》云："水纹如锦曰漪。"此句谓明净的水纹透澈极底，水的精神乃见。

[4]初胎：指花始发苞。《集解》注云："胎，谓花始发苞，如人之有胎也。曰初胎，则奇花之精神可见。"三、四两句是以流水的清澈见底与花朵的含苞欲放为喻，具现出一种发乎生命本体的生气和活力。

[5]青春鹦鹉：司空图在此拈举出在自然界中最富生机的鸟

类来强化一种自然的"精神"。

[6] 杨柳楼台：一本作"杨柳池台"，两两映衬，愈见其"精神"。

[7] 碧山人来：语似本李白诗："问余何事栖碧山，笑而不答心自闲"。藉以突出幽人兴致勃勃的生动神态。此句意谓有高人雅士能把盏论道，岂不令人神往！

[8] 清酒满杯：一作"清酒深杯"，谓主人满怀欣喜，置酒相待，能不乐乎？

[9] 生气远出：此与谢赫《古画品录》中所提出的"气韵生动"颇为相似，谓生气盎然，溢于纸笔。《礼记·月令》："生气方盛，阳气发泄，句者毕出，萌者尽达。"《集解》谓"生气充沛，精神迸露，远出纸上"，亦可参印。

[10] 不着死灰：谓毫无槁木死灰之气。语出《庄子·齐物论》："形固可使如槁木，而心固可使如死灰乎？"

[11] 妙造自然：谓欲妙造自然之境，不能矫揉造作，全凭体道者精神的裁夺。

[12] 伊难与我：伊：语助词。裁：裁断。

## 今译

### [十三] 精神

"道"的神奇真是匪夷所思,
有时似要回归到它的本体,
有时又在某种神奇的瞬间如期而来。
当此之际,整个身心通透如清波见底,
又如奇异的花苞自然绽开。
心境宛同百鸟啭鸣于明媚的春光,
又似与高人雅士称觞论道,举杯开怀。
生命若不唤发出盎然的生机,
何啻于令人不齿的槁木死灰。
呵,惟有体道者才能 妙造自然,
而这,究竟又有谁能够真正解会?

## 导读

"精神"一品的关节只在"生气远出,不着死灰"八字。据《庄子·德充符》载,一群小猪在刚死的母猪身上吃奶,一会儿都惊慌地抛开母猪逃走了,因为它们发现母猪已经死了。

由此我们不难体悟到"所爱其母者，非爱其形也，受使其形也"的道理。此处的"使其形者"实即支配"形"的"神"——而神，就是生命，就是使形体"活"着的生命。有"神"则生，无"神"则死。故庄子曰："神将守形，形乃长生。"（《庄子·在宥》）夫性命者，与形俱出其宗，形备而性命成，性命成而精神出焉。故形者，生之基也；气者，生之充也；神者，生之制也。形非其所安而处之则废，气不当其所充而用之则泄，神非其所宜而行之则昧，此三者，不可不慎守也。若贪婪多欲，则精神日以耗损，久淫而不远；形闭中距，则神无由入矣。是以天下时有膏烛之类者，火愈燃而消愈速。因此，体道者必须内修其本，而不外饰其末，葆其精神，而"与道俱往"，如此，则万物之化无不适，百事之变无不应，故能"生气远出，不着死灰"。

展子虔　游春图

写生珍禽图

[十四]　缜密 *

是有真迹[1]，如不可知[2]。

意象欲出[3]，造化已奇[4]。

水流花开[5]，清露未晞[6]。

要路愈远[7]，幽行为迟[8]。

语不欲犯，思不欲痴[9]。

犹春于绿[10]，明月雪时[11]。

## 注 释

  \*缜密：《浅解》曰："缜，缕也，结也。密，稠也，秘也。缜现而密隐。"《皋解》谓"缜密"一品非"动以词语凑泊为缜密"，而是一种天然的缜密，故云："是有真迹，如不可知"。

  [1] 是：这，此，指缜密。此句意谓缜密者似有真迹之可寻。孙联奎《诗品臆说》解缜密为："美人细意烫贴平，裁缝灭尽针线迹，斯缜密也。"

  [2] 如：如同，好像。不可知：不易觉察。此句意为：所谓缜密虽有真迹可寻，却使人看不出来。

  [3] 意象欲出：一作"意象欲生"。意象：从语源上说，出自《易·系辞》："圣人立象以尽意。"刘勰《文心雕龙·神思》："独照之匠，窥意象而运斤。"所谓意象，即为表意的象，它是通过作者的审美创造而以文字形式表现出来的艺术景象或境界，是构成诗歌文本的基本结构单位。孙联奎《诗品臆说》解曰："有意斯有象，意不可知，象则可知。"此句似为呼应前两句——何以虽有真迹而如不可知呢？只因意象的生发往往与造化相契，造化不断运行，意象也随之而变，故云："意象欲出，造化已奇。"

  [4] 造化：指自然。杜甫《望岳》云："造化钟神秀，阴阳割昏晓。"

  [5] 水流花开：如水流浑然一体，自有纹理；如花开不留痕

迹。此二句喻解缜密。

[6] 清露未晞：晞（音希）：干，晒干。《诗经·秦风·蒹葭》："蒹葭萋萋，白露未晞。"

[7] 要路愈远：要路，犹言正路、必经之路。

[8] 幽行为迟：幽行，指在幽径上独行。迟：缓。此二句意为紧要之路愈远，愈要缓慢而行。暗喻作品的细节安排要缜密。《浅解》："要路之所以愈远者，等无可躐；幽行之所以为迟者，境匪易臻。" 此句意谓"缜密"不是密不透风，而是疏密相间，曲折有致，张弛有序，脉络分明。

[9] 语不欲犯，思不欲痴：犯，即触犯，此指语意重复；痴，即呆滞。前者为词语之病，后者为思绪之患，"缜密"之境贵在"窈渺而不犯，妥帖而不痴"。

[10] 犹春于绿：如同春天之于绿色。春为意，绿为象。有意斯有象，意象不可分。此为缜密之要。

[11] 明月雪时：如同明月照白雪，一片清辉，难分彼此。返喻全诗首句："是有真迹，如不可知。"《浅解》："春于绿，万物一色，种种有迹，缜固由密而得。明月雪时，月雪两物上下交融，密亦由缜而来。无缜非密，亦无密非缜，是又不第不犯、不痴而已。"

## 今译

### [十四] 缜密

"道"早存在于万象之中,
却难窥它的奥秘。
当其借助意象体现时,
不能不惊叹"道"的神奇——
流动的水,盛开的花,湿润的清露,
无不是"道"外化的形迹。
道体幽深微妙,必须审慎体识,
不必落入言筌,过于执著粘滞。
要效法自然,如春生新绿,
又如雪映明月,一片清辉浑然无迹。

## 导读

"道家"一向强调"悟"。在佛教中,"悟"大抵分为两种,即"解悟"与"证悟"。所谓"解悟"是指义理上的圆通,而"证悟"则是事相上的体证。若无义理上的圆通,就很难对"道"产生深切坚定的信仰;若无事相上的体证,则很容易在修为中走火入魔。由此种认知出发,再来解读"缜密"一品,

渔村小雪图

我们就会发现：前四句所表达的实即对"道"的"解悟"。"是有真迹，如不可知。意象欲出，造化已奇。"此处所谓"真迹"，即自然之迹、传神之迹，而非人工之迹、形似之迹。看上去若不可知，难以言喻，而其微妙之理则可默悟。朦胧之意象欲出而未出，它并非人为之构想，而是自然造化之赋予了奇妙之形态。后四句则是对"道"的"证悟"。这一证悟是通过意象化的方式实现的。

尤须措意的是，在诗的结尾，出现了"语不欲犯"之句，这表明司空图一方面想望与自然交融而超越语言，一方面又深知这一超越只有借助语言获得。诗作的整个进程正是作者通过语言符号达到与道的交融。因此，这首诗不是"描述性"的，而是通过言语实现无言的体验。

韩熙载夜宴图

### [十五]　疏野 *

惟性所宅[1]，真取弗羁[2]。

控物自富[3]，与率为期[4]。

筑室松下，脱帽看诗[5]。

但知旦暮，不辨何时[6]。

倘然适意，岂必有为[7]。

若其天放，如是得之[8]。

## 注 释

\*疏野：《浅解》曰："脱略谓之疏，真率谓之野。疏以内言，野以外言。"《臆说》："疏野，谓率真也。"

[1]惟：听从，顺从。性：指个人的本性，天性。宅：居所。段玉裁《说文》注云："凡物所安皆曰居。"无名氏注云："宅，居也，安也。惟，随也。随其性之所安，言自在也。"惟性所宅：顺从心性之所至。"唯性所宅，真取弗羁"句，意谓任性而随其所安，但取其天真自然而超脱了世俗的种种羁绊。

[2]真：本真，天真；弗羁：不受拘束。无名氏注云："真，天真也。取，取材也。言随其天真以取，如马之弗羁束也。"真取弗羁：即视物取象无拘无束，随性之所至。真在性分之内也。"

[3]控物自富：一本作"拾物自富"。控：古时"控"有两义：一为"引"，如控强为引弦拉弓；一为"止"，如控马使马不动。控物：即对万物的掌握。自富：内心充实富足。《浅解》注云："控物则无物不有，自富则充裕不迫。"

[4]与：以；率：率真；期：期约。与率为期：与率真为友相伴。《浅解》解曰："与率为期，有质无文则谓之野。"

[5]此二句状写"真人"真率自然、无拘无束之生命样态。

[6]旦暮：早晚；时：时辰，时代。尤指后者。此句状写"真人"任性而为、无所羁绊的个性风神。写"疏"境。

[7]倘然：倘若。一作"倘其"；适意：合乎意愿。一作"自适"；有为：有所作为，与无为相对。岂必有为：岂是一定有所企求。此上下句谓：如果能够悠然自得，任性适意，又何必再作他求。

[8]若其：假若；天放：天指自然，放即放纵。语出《庄子·马蹄》："彼民有常性，织而衣，耕而食，是谓同德；一而不党，命曰天放。"成玄英疏云：党，偏。"一而不党"，谓"浑然一体而不偏私"。命，名。天，自然。林希逸《南华真经口义》云："放肆自乐于自然之中。《齐物论》之'天行'、'天钧'、'天游'，与此'天放'，皆是庄子做此名字以形容自然之乐。"此句谓若真能得其"天放"，便会达至任天自在的境界。

## 今 译

### ［十五］ 疏野

惟有道性自具，
对万物才能取舍裕如。
倘若如此，内心自然富足，
并永葆天性的率真纯朴。
即使在松树下筑构茅屋，箪瓢饮水，

秋毫精劲霜叶凝鲜
霜此瑶波染彼松烟
起工八法尽奇六文
鸟企龙跃珠解泉兮
轻如游雾重似崩云
锋绝剑摧惊势箭飞

康有为书法

也不失"真人"的幽怀雅度。
岁月流迁,但看日出月落,
管它朝代更替,苍黄翻覆。
只要适意率性,又何必热衷身外之物。
效法自然,率性而为,
悟解了这一点,也就把握住了人生的正途。

十五 疏野

## 导 读

"疏野"一品形容高士不拘泥于世俗礼法的狷洁之态,"惟性所宅,真取弗羁",这种摆脱了世俗束缚的自在境界委实令人歆羡。入世、做官、建功、立业,未尝不好,但这往往会使生命个体在某种外在的桎梏下丧失了本我,故被道家称为"俗"途,而传统的价值观念却过分地夸大了这条道路的正统性,致使士大夫们常常产生一种逆反心理,而对精神上的那种"逍遥"境界,不胜神往。在司空图看来,有牵累而为牵累所桎梏,有忧患而为忧患所纷扰,皆未臻于"控物自富,与率为期"的境界,惟有"游心于淡,合气于漠,顺物自然而无容私焉"(《庄子·应帝王》),方能获致精神上的"逍遥",由此而生发出的那种"倘然适意,岂必有为"的生命样态,是在化解了心身、主客对峙的矛盾后本然的存在。惟有将心的"逍遥"与形体的"逍遥"("筑室松下,脱帽看诗")置于"道能为一"的境界之上,才能得其"天放",使道家的人格理想在现实人生的层面上得以落实。

王世敏像

## [十六] 清奇*

娟娟群松[1]，下有漪流[2]。

晴雪满汀[3]，隔溪渔舟。

可人如玉[4]，步屟寻幽[5]。

载瞻载止[6]，空碧悠悠[7]。

神出古异[8]，澹不可收[9]。

如月之曙[10]，如气之秋[11]。

## 注 释

*清奇：《浅解》曰："清洁奇异。"《臆说》："清，对俗浊言；奇，对平庸言。"

[1]娟娟：秀美。

[2]漪流：有涟漪的清流。此二句中的"群松"、"漪流"皆与庸凡、俗浊相对，标举"清奇"之境。

[3]汀：水边小洲；晴雪：放晴后的积雪。"晴雪满汀"（一本作"晴雪满竹"，《诗家一指》本亦作"满竹"）是近景，"隔溪渔舟"为远景，皆显"清奇"之境。

[4]可人：可意之人。郭象解为"可意之人，言其最惬人意之人"，亦实所谓幽人、真人、佳士。陈师道《绝句》云："诗当快意读易尽，客有可人期不来。" 如玉：指人格高洁、风神闲雅的清奇之人。典出《诗经·白驹》："其人如玉。"又，《世说新语·容止》载："裴令公（楷）有俊容仪，脱冠冕，粗服乱头皆好，时人以为'玉人'。见者曰：'见裴叔则，如玉山上行，光映照人。'"按，晋时裴楷风神高迈，故时人谓之"玉人"。

[5]屐（音谢）：此指木屐，木底有齿的鞋子，古人游山多着之。步屐：脚登木屐步行，晴雨登山皆可，十分惬意。寻幽：探幽览胜，极清奇之致。

[6]载瞻载止：一本作"载行载止"。时而观赏，时而栖止。

[7]空碧：蔚蓝的天空；悠悠：辽阔淡远。以上六句皆写清奇之状，清奇之境。

[8]神出古异：指心神出入于高古奇异之境。一本作"神出古心"。

[9]澹不可收：一作"淡不可收"。澹（音淡）：原义为水波荡漾之状，又指恬淡，淡雅，或作澹淡。《集解》："'神出古异，澹不可收'，谓所存者只是清奇之想。心神出于高古奇异，自觉萧然淡远。'不可收'，亦状悠悠不尽之意。"一说此处之"收"为收受领会之意，并拈举孟浩然诗（王士源《孟浩然集序》云："闲游秘省，秋月新霁，诸英联诗，次当浩然。句云：'微云淡河汉，疏雨滴梧桐'。举座嗟其清绝，咸以阁笔，不复为继。"又其《夏日南亭怀辛大》诗云："山光忽西落，池月渐东上。散发乘夕凉，开轩卧闲敞。荷风送香气，竹露滴清响。欲取鸣琴弹，恨无知音赏。感此怀故人，中宵劳梦想。"）及柳宗元《江雪》诗（"千山鸟飞绝，万径人踪灭。孤舟蓑笠翁，独钓寒江雪。"）为证，亦通。参见张少康：《司空图及其诗论研究》，学苑出版社2005年版。

[10]如月之曙：如破晓时的明月。曙月，即晓月。

[11]如气之秋：如秋高气爽。末两句以原型意象状兴清奇之神韵，与开首的起兴遥相呼应。

### 今 译

#### [十六] 清奇

群松苍然成林,挺拔俊秀,
溪水漾起涟漪,日夜奔腾。
雪霁后,汀洲白雪皑皑,泛着白光,
一叶扁舟容与,占尽风情。
远方,一位仙风道骨的智者,
正踏着木屐,仰望太空。
他时行时止,凝神冥想,
岂只是探幽揽胜,想必正与大道心契神行。
——呵,那位幽人宛同月光澹澹,秋气凛凛,
竟如此高古清奇。

### 导 读

  秀美的松林下有一条清澄的小溪潺潺作响,水边的小洲上积满白雪,溪对面停着一艘小渔船,这就构成了"可人""聊浮游以相羊"的一个空间形态。"神出古异"的"可人"的情思就徜徉逡巡在这个自足的世界里。
  这个"清奇"的自足世界既与"神出古异"的"可人"心

十六 清奇

态互为象征,也是"可人""步履寻幽"的一种结果。司空图用"步屧寻幽"、"载瞻载止"等动词向人们提示"道不可外求"之理。也就是说,道不可求于人,斯得诸己也。舍己而求诸人,去之远矣。

"载瞻载止,空碧悠悠。神出古异,澹不可收",我们不能不惊异于司空图所创造的这样一个如此宁谧的世界。一种巨大的时空感觉占据了我,仿佛自古以来的寂静、和谐从未被打破,似乎这个世界一直处于"清奇"的状态。我将不胜惊讶地与这个世界面对面。

明皇幸蜀图

[十七]　**委曲** *

登彼太行[1]，翠绕羊肠[2]。

杳霭流玉[3]，悠悠花香[4]。

力之于时[4]，声之于羌[5]。

似往已回[6]，如幽匪藏[7]。

水理漩洑[8]，鹏风翱翔[9]。

道不自器[10]，与之圆方[11]。

## 注 释

\*委曲：《皋解》曰："文如山水，未有直遂而能佳者。人见其磅礴流行，而不知其缠绵郁积之至。故百折千回，纡馀往复，窈深缭曲，随物赋形，熟读《楚辞》，方探奥妙耳。"

[1]太行：太行山，位于山西东部与河北西部，呈东北西南走向，山脊海拔1500—2000米，气势雄伟。

[2]羊肠：指羊肠坂，太行山上的坂道，萦曲如羊肠，故名。曹操《苦寒行》云："北上太行山，艰哉何巍巍！羊肠坂诘屈，车轮为之摧。"此借喻"委曲"。

[3]杳霭：形容云气深远。杳，深远貌；霭，山中云气。流玉：指清澈流水。颜延年《赠王太常诗》云："玉水记方流，璇源载圆折。"李善《文选注》引《尸子》："凡水，其方折者有玉，其圆折者有珠。"

[4]力之于时：由"时力"化出。一说"时力"为古代弓名。《史记·苏秦列传》云："天下之强弓劲弩皆从韩出。谿子，少府时力，距来者，皆射六百步之外。"又司贞《索隐》云："韩有少府所造时力，距来两种弓弩，其名并见《淮南子》。"裴朗《集解》云："作之得时，力倍于常，故名时力也。"此处用"时力"形容弓的曲折，宛如满月。《浅解》中解"力之于时"为"言力之于用其时，轻重低昂，无不因其时之宜然"。《集解》："案：《列子·力命篇》：'命曰，朕直而推之，曲而任之，

自寿自夭,自穷自达,自贵自贱,自富自贵,朕岂能识之哉!'以'命'解'时'。"似亦可通。

[5] 声之于羌:羌为中国古时西部一少数民族。《说文》曰:"羌,西戎牧羊人也。"相传羌是笛子的发源地,故有"羌笛"一说。李欣《古意》云:"辽东小妇年十五,拨弹琴瑟解歌舞。今为羌笛出塞声,使我三军泪如雨。"温庭筠诗曰:"羌管一声何处曲,流莺百啭最高枝。"皆以曲折、深婉、悠扬的羌笛之声状写"委曲"之境。《浅解》:"羌,楚人语词。此作实字用,言其随意用之,而无不婉转如意也。如'羌无故实',若直用'无故直'则索然少味,惟用一'羌'字,便觉曲折传神。"又曰:"羌即羌笛之羌,言羌笛之声曲折尽致也。"《集解》:"杳霭流玉二句谓委曲出于自然,非可力致。力之于时二句,言自然才能委曲,委曲任之,是自然说正是委曲,即下文'道不自器,与之圆方'。"

[6] 似往已回:看似往而已返回,此言"委"。

[7] 如幽匪藏:幽深却无所藏,此言"曲"。

[8] 水理漩洑:水波随势回旋起伏。

[9] 鹏风翱翔:鹏风指《庄子·逍遥游》:"鹏之徙于南冥也,水击三千里,抟扶摇而上者九万里,去以六月息者也。""且夫风之积也不厚,则其负大翼也无力,九万里则风斯在下矣。而后乃今培风。背负青天而莫之夭阏者,而后乃今将图南。"按,

大鹏抟扶摇羊角而上者九万里，暗寓"委曲"之意。惟较之水波，似有阴柔、阳刚之别。以上两句谓"委曲"自有其内在之理。

[10]道不自器：道指万物的本原和本体，也即自然之道；器，具有一定形状的器具。《易·系辞上》曰："形而上者谓之道，形而下者谓之器。"老子《道德经·二十一章》云："道之为物，惟恍惟惚。"此句谓道并无固定的形体，而是随顺自然，各适其性，不以某种形器为限，受其拘束，应因宜适变，或圆或方。

[11]与之圆方：一本作"与时圆方"。谓体道者不必墨守陈规，而是与万物周转，随其方圆。所谓"委曲"亦是天工所成，而非人为雕琢所至。

## 今 译

### [十七] 委曲

沿着羊肠九坂的小道奋力盘旋，
终于攀上巍峨的太行山。
纵目远眺，云雾缭绕，
山泉如玉带般蜿蜒；
微风吹过，送来缕缕醉人心肠的幽幽花香。

呵，时力之弓弯如满月，
如羌笛婉转悠扬，渐飘渐远。
这宛若恍兮惚兮的"道"，
看似消逝却又复现，
看似幽深却不隐藏——
如水波回旋流涌；
如鲲鹏抟风翱翔。
——呵，"道"岂是一个具形的器物，
体道者必须凌驾于万物之上。

## 导　读

"万物并作，吾以观复"、"反者道之动"（老子《道德经》），循环往复是宇宙万物的规律，也是其运动的节奏。正是这一点，构成了道家特别注重对圆型意味之追求的文化基础。"往燕无遗影，来雁有余声"（陶渊明），"溪流碧水去，云带清阴还"（储光羲），古人的这类诗句无不隐涵着"似往已回，如幽匪藏"的"观复"妙理。其实，宇宙万物之所以"不自器"，就是因为他具有总体上的令人惊异的合目的性，它无为而又无所不为。一切诗化的创造活动无不是"道"在人的活动中的唯一显示。明乎此，我们再来解读所谓"道不自器，与之圆方"，自然别有会心：把自然万象置于心灵之中其实比将心灵置于自然之内

沈周　庐山高图

更为本质、更为牢固。一个真正的体道者,不是表面上的脱略形骸,遁入山林,流连诗酒,而是让大自然栖居于心灵之中,使之成为自然实体的象征,成为一片形而上的风景:

　　水理漩洑,鹏风翱翔。

　　整个宇宙在此呈示出一种无言的大美;而人"与之圆方"的诗化活动与"道"的运行其实是一种等值的活动,它追踪了道,启示了道,"道"的本体,其实就寓于诗化或语言的创造活动之中。

五马图

[十八] **实境** *

取语甚直[1],计思匪深[2]。

忽逢幽人,如见道心[3]。

清涧之曲,碧松之阴[4],

一客荷樵,一客听琴[5]。

情性所至,妙不自寻[6]。

遇之自天[7],泠然希音[8]。

## 注 释

＊实境：《浅解》曰："此以天机为实境也。"《臆说》："古人诗即目即事，皆实境也。"

[1]取语：即用词，出句。甚直：一作"如直"。直，质朴自然。

[2]计思：思虑。匪深：不深曲，即不求过分深奥。无名氏解为："取语甚直，言所采取之语甚觉直实，无纤曲也。计思匪深，言较论其所运之思亦觉浅露，非深微也。"上句为字面释义，下句解为"浅露"，似有不妥。既然是题解实境，当谓诗的意思不能脱离实境而求深奥，即不离物象的本真内涵而事抽象议论之深微，方为贴切。

[3]幽人：幽隐之人。孟浩然《上巳日诗》云："浴蚕逢姹女，采艾值幽人。"道心：体道之心。李端《寄庐山真上人诗》曰："月明潭色澄空性，夜静猿声证道心。"如见道心：从表层看，此句似可解释为从幽人形貌气质观其内心，但细加寻绎，此处以道心作比，似寓有"实境"亦当从天机而来，非浮浅之境也。

[4]清涧之曲：一作"清调之曲"，或作"晴洞之曲"。"涧"同"磵"，皆为山间水沟。《说文》云："涧，山夹水也。"此句言清澈的山涧曲曲弯弯。碧松之明：苍翠松林的树荫下。

[5]客：犹言人。荷：挑担子。荷樵：挑着打来的柴。此两句实际上是承上而来，前者为"衬景"，后者为"实境"。一

客荷樵,当在清涧之曲;一客听琴,当在碧松之阴。一俗一雅,一动一静,共同构成耐人寻绎的"实境"。

[6] 情性所至,妙不自寻:犹言诗人随心即兴便可于无意间发现奇妙之境。

[7] 遇之自天:即妙境所造,纯为天然,诗人只能遇,不可求。这里仅指实境而言。郭绍虞解此句为:"言'情性所至',见得无非是实;言'妙不自寻',又见得妙境独造,非出自寻:正所谓'遇之自天'也。"

[8] 泠然希音:他本作"冷"。《诗家一指》本作"永"。泠,本义为"水清貌",转义为声音的清越。《玉篇》曰:"泠,清也。"陆机《文赋》云:"音泠泠而盈耳。"郭绍虞解曰:"泠然,清和之音。"又云:"见得境虽实并出于虚,非呆实之谓矣。"郭氏此解,亦可采。 希音:本老子《道德经·十四章》:"听之不闻名曰希。"《道德经·四十一章》:"大音希声,大象无形。"


## 今 译

[十八] **实境**

用质朴凝练的语言直写道境,

无须求奇炫深。
一如路遇高士,
望气已识超凡的道心。
又如樵夫负薪于泉声琤琮的涧边;
雅士徜徉于浓荫匝地的松林,吟风听琴。
呵,道境往往"不召而自来",
岂待人力追寻。
幽深微妙,若现若隐,
真似"希声"的"大音"。

## 导 读

以往论者大多从诗歌创作的角度着眼,认为"实境"之要义在自然天成,而其写作之特点在于"直寻",或"直致所得",要求诗人善于在心物相应、灵感萌发的刹那间,抓住心中目中所涌现的境界,很真切地将它描写出来,并拈举例苏轼所说:"作诗火急追亡逋,清景一失后难摹。"(《腊月游孤山访惠勤惠思二僧》)其实,这不过是一种皮相之见。

"古之善为道者,微妙玄通,深不可识。"(《道德经·十五章》)善体道者,不哀不乐,不喜不怒,其坐无虑,其寝无梦,如是"妙不自寻",那种"遇之自天,泠然希音"的道境自会不期而来。在司空图的笔下,我们极少能够窥寻到"德"、"仁"、"义"

等字眼,他只是惯于撷取一些来自自然的意象语构筑一种"实境",启导人们去想象天际真人的高怀深致。在深谙道家之旨的司空图看来,道灭而德用,德衰而仁义生。故上士体道而不德,中士守德而不衰,下士绳绳乎唯恐失仁义。观其所守,知各殊矣。

作为对世界的启示之物,语言对我们来说似乎只能起到"象喻"的功用;就像置身于语言中的诗人一样,用同样的凝视与惊异,去捕求"大道"的微茫之迹。

宋徽宗　听琴图

采薇图

### [十九] 悲慨 *

大风卷水,林木为摧[1]。

适苦欲死,招憩不来[2]。

百岁如流,富贵冷灰[3]。

大道日丧,若为雄才[4]。

壮士拂剑,浩然弥哀[5]。

萧萧落叶,漏雨苍苔[6]。

## 注 释

*悲慨：《浅解》曰："悲痛慨叹。"

[1]卷：卷起，掀起；为摧：（林木）被摧折。此句谓狂风卷起怒涛，树木无不纷纷被摧折。此品以景物起兴，造成悲剧气氛。

[2]适苦欲死：适：适逢，正当。在这痛不欲生求死不得之际。《津逮秘书》本作"意苦欲死"。招：邀。憩（音气）：休息，安慰。招憩不来：可给我以安慰的人却迟迟不见到来。古人借思美人而不得极写不得志的悲慨。

[3]百岁：百年光阴，指人生。《礼记·曲礼上》："人寿以百年为期。"《古诗十九首》云："生年不满百，常怀千岁忧。"如流：如流水，喻生命易逝。《论语·子罕》曰："子在川上曰：'逝者如斯夫，不舍昼夜。'"富贵冷灰：富贵转眼成为冷灰。

[4]大道日丧：大道：可兼指天道和人道，此处尤指后者。《礼记·礼运》曰；"大道之行也，天下为公。" 日丧：指沦丧日甚一日。 若为：若，谁。此句谓又有谁胸怀雄韬大略，奋力拯救日益沦丧的大道呢？此句由上句现实感受的层面转入扶危拯道的终极关怀，境界更加升华。

[5]壮士：豪杰之士，与上句雄才相通互指。曹植《鰕䱇篇》云："谁知壮士忧？"拂剑：拔剑。李白《赠何七判宜昌浩》诗云："不然拂剑起，沙漠收奇勋。" 浩然：指心情激荡，心胸扩张。

弥:充满。弥哀:谓慷慨悲哀之情真膺充臆。此句以雕塑般的造型语言,力图使"壮士"形象生动,呼之欲出。

[6] 萧萧落叶:状冷落、凄凉的样子。语本杜甫《登高》云:"无边落木萧萧下,不尽长江滚滚来。"苍苔:青苔。漏雨苍苔:漏雨不断地滴在青苔上。此句复以凄苦的物象点化诗人的悲慨之情,收笔处蕴含无限之思。

## 今 译

### [十九] 悲慨

波翻浪涌,狂飙大作,
林木竟为之摧折。
百感忧其心,万事劳其形,
又有谁能化解这重重困厄?
生命一如流矢般消逝,
世人追逐的富贵不胜虚空,有如电光石火。
唉,大道废弛已久,
到哪里寻觅振衰救弊的雄杰?
壮士纵然拔剑而起,
也难平胸中的块垒千叠。

落叶脱柯，漏雨声声，

最难禁忍——那一片秋意阑珊的萧瑟。

## 导 读

　　道贵平和，故以喜怒为邪；德尚恬淡，故以忧悲为失。由此视角返观"悲慨"一品，主体意识却十分强烈，对人生的追求亦相当坚执，看似与老庄冲和淡远的精神境界颇不一致，却真切地表现出老庄思想的更为深沉的带有悲剧性的内在本质。

　　"百岁如流,富贵冷灰"，司空图以此语向那些昧于道者（"适苦欲死"）提出了善意的劝谕；对"大道日丧"发出了沉痛的慨叹。从表面上看，道家否定人为、崇尚天然，主张回归到古朴的原始社会，似有"消极"之嫌；但即使"若为雄才"，除抚剑叹息、"浩然弥哀"外，又复何为？这种慨叹，在庄子那里体现得尤为沉痛，他把对历史形态的国家的否定推演到对历史形态和历史之道本身的否定，历史的发展不过是君王借此为所欲为的舞台，"今世殊死者相枕也，桁杨者相推也，刑戮者相望也"（《则阳》），故尔倡导"绝圣弃知，天下大治"（《在宥》），对于个体生命来说，似乎只有"道"才是个体人格的意义根据。由此可见儒道两家在价值取向上的根本差异。一个是要通过"修齐治平"，发扬个体生命的社会价值；一个则是要使生命回归于生命的本然状态。表面看来，后者似乎显得消极，其实，老

十九 悲慨

李成　读碑窠石图

庄内心所蕴藏的深悲大恸，未尝不可视为一种拒斥人类文明发展中所产生的"异化"现象的心态先声。不过，在反抗"异化"、控制社会的策略上，深谙道家之旨的司空图却并不主张一味"悲慨"，"萧萧落叶，漏雨苍苔"，便提示了这一点。由此可见，举凡意蕴丰赡的诗篇，往往有一个潜在文本，与现实文本相比，其潜在文本是另一个语言世界，即司空图所谓"弦外之音"、"味外之旨"——这个潜在文本正是通过与"现实"文本的比衬并存关系得以生发。

泼墨仙人图

[二十] 形容*

绝伫灵素[1]，少回清真[2]。

如觅水影[3]，如写阳春[4]。

风云变态[5]，花草精神[6]。

海之波澜[7]，山之嶙峋[8]。

俱似大道[9]，妙契同尘[10]。

离形得似[11]，庶几斯人[12]。

## 注 释

\*形容：《浅解》曰："形以体言，容以用言。形容，虚实死活不同。按，形容本是静字，而此则动字也。"

[1]绝：极，尽；伫：待，凝望；灵：谓人之灵气；素：谓人之本性。陶渊明《感士不遇赋》云："抱朴守静，君子之笃素。"江淹《伤友人赋》云："惆怅远度，寂寥灵素。"此句意谓凝神一志，专注于大道周行。

[2]少回清真：少：少顷，片刻。 清真：即清晰而真切的形象。《浅解》云："言人能存心摹想得见本来面目，而清真之气不愈时来矣。"解"清真"为"清真之气"，似仍然含混未明，且易引起误解。

[3]觅：寻求。

[4]写：描写，形容。阳春：语出李白《春夜宴桃李园序》："阳春召我以烟景，大块假我以文章。"

[5]变态：风云变幻所呈示的形态。

[6]精神：此处名词动用，意犹焕发精神。

[7]波澜：海的波澜起伏。

[8]嶙峋：山的峻高奇险。《浅解》释以上四句云："此其千状万态之难以拟议者，非善于形容乌能形容之尽致。"

[9] 俱：全部。指前面四句所"形容"的风云变幻无穷之态，花草蓬勃生长之神，海水汹涌澎湃之势，山峦峻极险绝之奇，无不是普运周流的"大道"的化显。"俱似大道"，犹言天地山川草木鸟兽之间皆为"道"之体现。

[10] 妙契：绝妙的符合。同尘：语出老子《道德经·第四章》："道冲，而用之或不盈。渊兮，似万物之宗。挫其锐，解其纷，和其光，同其尘。"王弼《老子注》云："和其光而不汙其体，同其尘而不愈其德。"此句意谓大道无形，但与万物有奇妙的契合，化为万物形体而不改其质。《集解》解此两句云："言形容不可以形求迹，亦不可以强力致，必不即不离，妙合同尘之旨，才称合拍，故云'俱似大道'。《老子》：'和其光，同其尘，湛兮似或存。'言以尘之至杂而无不同，则于万物无所异矣。圣人之道如是而后全，则湛然常存矣。"

[11] 离形得似：犹言形容在似与不似之间，或舍形似以求神似。《集解》："总结形容之妙，贵在离形得似。离形，不求貌同；得似，正与神合。能如是，庶几为形容高手矣。"

[12] 庶几：近似，差不多。斯人：此指真人，即能得万物之神而不求其形似的人；如此之人，乃可言"形容"。

## 今 译

### [二十] 形容

敛气凝神,一任神思自由驰骋,
道体渐渐呈现出生动明晰的形相(象)。
道是不可究诘的,
如捕捉水中的倒影,
如描绘澹荡的春光。
道又无所而不在,它迹化为——
幻变无端的风云,
生机盎然的花草,
波翻澜卷的大海,
怪石嶙峋的山岗。
——这一切无不是道之所在,
求道者必须执玄德于心而与世和尘同光。
倘若能够离逸具象而悟出道的本源,
那才是"真人"的本相。

## 导 读

"道可道,非常道","名可名,非常名","道"在《老子》

那里，是一个"先天地生"、"可以为天下母"的本源，它无形、无名，却是一切形、名的起源与基础。

"无，名天地之始；有，名万物之母"，这就是说，一切"有"皆是从"无"中孕育命名的。"无名"状态是根本，是一切的可能，对于一切的命名者，当天地形成，处于有名状态，就进入了有限的世界，故老子又云："天下万物生于有，有生于无。"——在老子看来，这个"道"实在是太伟大了，由于它自身的玄虚、抽象与神秘性，"道"具有无可言说性，它只能用象征与比喻来"形容"。

"绝仃灵素"的"真人"执道要之柄，恬然无思，澹然无虑，翛翛然游于无穷之地。故能以天为盖，以地为舆，四时为驹，阴阳为御，乘云凌霄，与大道者俱。得道者只要能够"妙契同尘"，还返于枢，复守以全，就能成为"离形得似"的"斯人"。

不须赘言，司空图创作《诗品》所依持的文化背景是道家的，他的种种感悟皆来自"道"的惠泽；他所作的全部努力，只是导向对这个"道"的思索。因此，他心目中的"自然"便只能是一个单向的投射与移情，它包孕着某种精神境界的提升，并通过这种"提升"促使自然得以充分的诗化。

游春图

## [二十一] 超诣 *

匪神之灵[1]，匪机之微[2]。

如将白云[3]，清风与归[4]。

远引若至[5]，临之已非[6]。

少有道契[7]，终与俗违[8]。

乱山乔木[9]，碧苔芳晖[10]。

诵之思之[11]，其声愈希[12]。

## 注 释

\*超诣：《浅解》曰："超，卓也。诣，进也。"《臆说》："超诣，谓其造诣能超越寻常也。"亦即达到比"虚伫神素"、"妙机其微"更高出一筹的境界。

[1] 匪：非。神：心神。灵：灵敏。

[2] 机：天机，征兆。《三国志·蜀书·先主传》云："睹其机兆。"机微：事物变化的最初征兆。微：微妙。《浅解》谓"机不得以显其微"。二句意谓：道玄幽莫测，其中微妙的机兆，仅凭常人的智慧难以达到"超诣"之境。

[3] 将：作动词用，有"乘、携"之意。此句意谓如同乘白云飘然飞升于超诣之境。《庄子·天地》："乘彼白云，至于帝乡"。

[4] 清风与归：即与清风同归于太虚。《集解》云："白云清风，皆高妙清淡之物，将白云而与清风俱归，则飘然无迹之象，正是拟议超诣之境。"颇味其旨。

[5] 引：招引。《史记·封禅书》云："及到，三神山反居水下。临之，风辄引去，终莫能至云。"

[6] 临之已非：临：临近。以上二句意谓超诣之境可望而不可即。《集解》："超诣之境，可望而不可即。远远招引，好似相近，但无由践之途。即而近之，才觉超诣，便非超诣。"

[7] 少：年少。《集解》："诗之为妙，通神入微，若牵于物役，

累于俗情,乌能入道。"《集解》:"少有道契,言出于本性,终与俗违,亦正言是自然结果。"此句谓年少之时即秉有慧根,与"道"若有夙契,以故,最终必然与世俗相违背。

[8]终与俗违:语本《离骚》:"謇吾法夫前修兮,非世俗之所服"。此句意谓如今才深知道心的超脱境界终究不合世俗之情。

[9]乱山乔木:一本作"乱山高木"。此句谓幽人生活在清静超脱的山林丘壑,悠然有"目送归鸿,手挥五弦。俯仰自得,游心太玄"(嵇康《赠秀才入军》)之致。

[10]碧苔芳晖:一作"碧笞方晖"。阳光映照在青苔上,烟烟生辉。此上下句共同构成诗人寻求超诣之境的现实境遇,似近于王维《鹿柴》"返景入深林,复照青苔上"之境。

[11]诵之思之:即诗人口诵心思皆合自然,有如天籁之音,大音希声,若有而若无,此之谓"超诣"之境。

[12]其声愈希:一作"其声愈稀"。诵读之声愈来愈轻,以至于听不到了。犹言"得意忘言",进入物我两忘之境。《注释》:"是境也,口为诵之,心为思之,宜乎其妙可即矣,而其声实为天籁之发,大音之作,愈觉其希微入化而不可求,此所谓超诣乎?'愈'字有泯然莫窥,愈求而愈不可得意。"亦可参。

## 今 译

### [二十一] 超诣

真正体道的人,并不凭借心机通透,
也不依赖天机的灵妙。
他宛如乘一片白云,携一缕清风,
飘然浸入那"无何有"之境。
呵,道有时分明就在前面召唤我,
临近时却更觉窈冥。
唉,和光同尘确非我之所愿,
与道夙契的真人毕竟难逢。
夕阳的余辉映照着满地的青苔,
乱山之中,草木丛生。
我一边吟咏,一边沉思,
不觉又浸入道的体悟之中。

## 导 读

"匪神之灵,匪机之微",这两句历来的解释都有问题,不能按照字面强解(所谓它不是心神之灵敏、天机之微妙),而是一个"以道视之"者的妙悟之言——"天之道,不争而善胜,不言而善应,不召而自来,坦然而善谋"(《道德经·七十三章》),能够如此体道合一,便会自然而然地达至一种不可言喻的"超诣"之境而尽得其所以自乐也,"如将白云,清风与归"。

从文本操作的角度看,并非只有纯粹的概念才能构成表达,作为一种隐喻系统,语言与观念的任何交融都可能构成一种结构性的表述。天地万象与"本心"、"自性"之间的隐喻关系是根基的设定。作为得道者,"大地皆为蒲团",自然界的一切皆是"自性"的本质表现。所谓得道,性命之情和其所安也。穷而不慑,达而不荣,处高而不危,持盈而不倾。不以康为乐,不以慊为悲,不以贵为安,不以贱为危。不待势而尊,不待财而富,不待力而强,平虚下流,与化翱翔。真正的"法乐"如白云,如清风,如日月,只有气清风和才能使天空闪耀出智慧的光芒。

"视之不见名曰夷,听之不闻名曰希,抟之不得名曰微",老子曾反复强调所谓"夷、希、微"都是形容道体的虚无。"道"不是形而下的"器",不是一切感官所能"致诘"的,只有靠心领神悟,这也正是"临之已非"、"听之愈希"的取意所在。

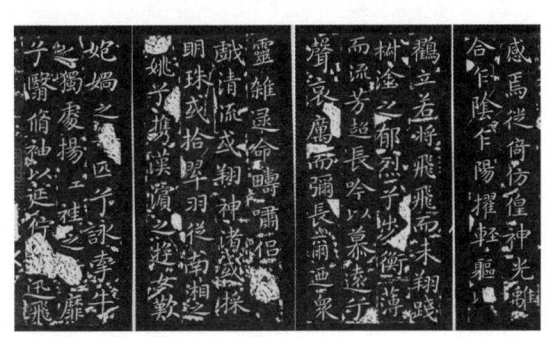

王献之 十三行

八十七神仙卷

## [二十二] 飘逸 *

落落欲往[1],矫矫不群[2]。

缑山之鹤[3],华顶之云[4]。

高人惠中[5],令色絪缊[6]。

御风蓬叶[7],泛彼无垠[8]。

如不可执,如将有闻[9]。

识者已领,期之愈分[10]。

## 注 释

＊飘逸：《臬解》曰："超诣言独往之神，飘逸言不群之致。"《浅解》："飘洒闲逸，一竖一横。"

[1] 落落：寡合之状。左思《咏史》云："落落穷巷士。"

[2] 矫矫：高举状，特立之态。《汉书·叙传下》曰："贾生矫矫，弱冠登朝。"矫矫不群：即超群出众，非同一般。《浅解》："落落然而欲有所往，矫矫然而不与众群，此见其独绝流俗，孤行己意，诚飘洒之天姿也。"

[3] 缑：缑氏之山，在今河南偃师县南。缑山之鹤：借用王子乔乘鹤登仙之事。《列仙传》："周王子乔好吹笙，作凤鸣，后告其家曰：'七月七日待我于缑氏山头。'及期，果乘白鹤谢时人而去。"

[4] 华顶：即华山之顶。此处以"孤云"喻指超凡出尘的仙人。刘长卿《送上人》云："孤云将野鹤，岂向人间住！莫买沃洲山，时人已知处。" 李白《古风》："西上莲花山，迢迢见明星，素手把芙蓉，虚步蹑太清"，亦与之同一机杼。

[5] 高人惠中：一作"高人画中"。高人：飘洒出尘之人。惠中：惠，通"慧"；中，即指心。韩愈《送李愿归盘谷序》云："曲眉丰颊，清声而变体，秀外而惠中。"

[6] 令色：令，美，善。此指高人的容颜。絪缊同"氤氲"，元气充盛之状。《易·系辞》曰："天地絪缊，万物化醇。"

此二句意谓有德之高人面呈飘逸闲远之色。《浅解》云:"高人顺其心之自然,无隔无阂,飘然意远。色根于心,则浑然元气之流露,非同作伪心劳也。"《注释》:"以清高之人写入图画之中,虽历年已久,而至今容颜色泽,犹若有一缕之元气,氤氲摩荡于其间,观其态度凌云,形神欲活,宛然在目,潇洒出尘,不可想其飘逸乎?"

[7] 御风:乘风。蓬叶:蓬草之叶,状如柳叶,此处指一叶扁舟。《商子·禁使》曰:"今夫飞蓬,遇飘而行千里,乘风之势也。"

[8] 泛彼无垠:泛:漂流。《浅解》云:"泛彼无垠,任意逍遥,无人而不自得也。"

[9] 如不可执,如将有闻:执:抓住,执著,引申为强求;闻:闻道,领悟。此二句意谓体道之人对道的某种悟境——飘逸之境不可强求于执,而需领悟其精神。《浅解》:"如不可执,言其势凌空,若上若下,有若捉不得然也。如将有闻,言其深造自得,如道之将有闻也。何从容自如耶?"

[10] 识者已领,期之愈分:领:领悟。期:期待。分:分离,相违。此二句谓惟有体悟大道之人,才会优游自在,达到飘逸之境。反之,如果竭力追求,则离飘逸之境愈远,终不可得也。《浅解》云:"结言飘逸近于化。识者期之,亦谁是优游渐渍以俟化而已。如有心求之,欲得其法于飘逸之中,愈分其心于飘逸之外。愈近而愈远,化不可为也。"

## 今 译

### [二十二] 飘逸

真人总是特立独行,卓然不群,
一如高山上飘逸的白云。
又如王子乔从猴山跨鹤登仙,
秀美于外而惠于内心。
和颜善目,风神超旷,
驾一叶扁舟,整个身心像白云一样舒卷。
——这种飘逸之境往往不期而至,不必强求,
得其天放自会气定神闲。
对此,得道之人自能悟得其妙,
如过分执著反而离道更远。

## 导 读

　　司空图此品最能表达他"冥契于道"后脱略俗尘、御风而行、纵其所如的"逍遥"之境,"如不可执"极言飘逸之致;"如将有闻"实即一无所闻、"大象希声"之意。"道"贵在"神契"("识之已领"),如欲以人力求之,则愈分离而不可得(所

谓"期之愈分")。

如果以逻辑与实证精神求诸这种描述，那么，这个文本显然经不起条分缕析，但这并不意味着这种"伪陈述"没有意义，而是因为作者似乎尚未找到一种足以表达他"体道"后的那种"最适宜的表达方式"，或者竟可以这样说，我们的语言并不适于表达它。在"语言的边界"上，谁又能表达那种想要表达的事物，而且，那个关于绝对之物（"道"）所说的一切都只能是隐喻。尽管如此，我们仍然不能说司空图所要表达的事物没有意义，也许，正是这种隐喻式的表达（即所谓"它将用明显地表明可以讲述的东西来意味不可讲述的东西"，《逻辑哲学论》），恰恰透露出他本人想要表达的事物的本质特性。

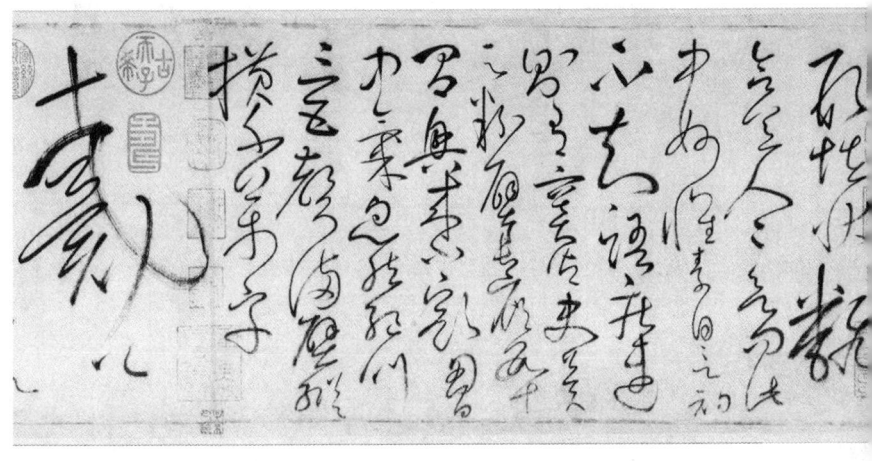

八大花鸟

## [二十三] 旷达*

生者百岁,相去几何[1]。

欢乐苦短,忧愁实多[2]。

何如尊酒,日往烟萝[3]。

花覆茆檐,疏雨相过[4]。

倒酒既尽,杖藜行歌。

孰不有古,南山峨峨[5]。

## 注 释

＊旷达：《浅解》曰："旷，空也。达，通也。"《臆说》："旷，昭旷；达，达观。胸中具有道理，眼底自无障碍。"

[1] 百岁：谓人生时限，语本《唐风·葛生》云："百岁之后，归于其室。"曹操《短歌行》："对酒当歌，人生几何？"相去：犹言相距，即从生到死的时距。几何：多久。

[2] 苦：犹言"无可奈何"。语本曹操《短歌行》："对酒当歌，人生几何？譬如朝露，去日苦多。"

[3] 何如：一作"如何"。尊：原为古时酒器，转为量词，此处用作动词。《管子·中匡》曰："公执爵，夫人执尊，觞三行，管子趋出。"尊酒：手执一尊酒。烟萝：即腾烟带萝的幽僻之处。此句意谓何不每天携上一尊美酒，寻一腾烟带萝的山野之地，远离尘嚣，恣情欢乐。

[4] 覆：覆盖。茆檐：茅草覆盖的屋檐。茆：系一种多年生草本植物，又曰茆草。疏雨：小雨。相过：偶相经过。此句谓花草覆盖茆檐，偶有疏雨飘过，顿令人翛然而生出尘之想。《浅解》注云："花覆茆檐，瞻物色之精华，乐安居之况；疏雨相过，有化机之感，无尘缘之牵。则无一时不乐也。"

[5] 杖藜：扶杖藜而行。藜，一种植物，茎老而坚劲，可作手杖。语似出唐人僧志南《绝句》："古木荫中系短篷，杖藜扶我过桥东。沾衣欲湿杏花雨，吹面不寒杨柳风。"行歌：一本作"行

过"。边行边歌,啸歌山林。此句状旷达之貌。

[6]孰:谁。古:此为"作古"之"古",喻指死亡。南山:常指陕西关中长安南边的终南山,作为长寿的象征,也可泛指。如陶渊明《饮酒》诗句:"采菊东篱下,悠然见南山。"峨峨:山岳高峻之状。司马相如《上林赋》云:"南山峨峨。"杨廷芝《诗品浅解》评曰:"古,故也。有古,犹言自古皆死也。人孰不死,而惟南山峨峨,得以长存。悟得此理,则对欢乐不会苦其短,对忧愁亦不会嫌其多,乃真旷达矣。"

## 今 译

### [二十三] 旷达

人生草草百年,如奔驹流电;
纵使百年,也不过短暂的瞬间。
何况人的一生,欢乐的时光太少,
大多是撄心的忧患与愁烦。
不如手执一樽美酒,
每日在腾烟带萝的山径流连。
茅屋覆满花草,
一阵阵细雨潺潺。

何不乘机策杖行吟,啸傲诗酒,
体悟人生的真诠。
呵,人生的迅忽,令人喟叹,
亘古长存的,惟有"采菊吟桑"的南山。

## 导 读

庄子在《外篇·至乐》中,有一段关于他与髑髅的著名对话,似乎是在赞美死亡的快乐和摆脱"生人之累"的畅适,其实恰恰相反,这只不过是对生命"奄忽若飙尘"的无可奈何,是痛定思痛的反语,盈溢在笔墨畦径之表的,是笑声中喷发的悲凉,是达观中浓缩的凄楚,是用洞箫呜咽吹奏出的一曲轻快的歌。若从宇宙的角度看,人的一生大似电光石火,不胜虚空,其短暂与匆遽直可忽略不计。但就是在这"欢乐苦短,忧愁实多"的一生中,谁又能不受尘世之是非的羁绊,谁又能摆脱"生人之累"的缠扰而超然于忧愁痛苦之上呢?此亦佛家所谓的"分段苦"。司空图在此重提这一"原型问题"并不是为了让其像梦魇一样地纠缠着痛苦的生命,而恰恰是为了让世人彻底认清生命的底相,从而真正地"超逸""旷达"起来。

真正的"旷达"是一种"游方之外"的态度,恬然无思,澹然无虑,以天为盖,以地为舆,四时为马,阴阳为御,乘云凌霄,而与造化者俱。苏轼曾云:"物无大小,盖游于物之内者,

**盛懋　秋舸清啸月图**

未有不高且大者，彼以其高大以临我，则我常眩乱反复，如隙中之观斗，安知其胜败也哉？"（《超然台记》）如果能够超然于外，站在"道"的高度观察人世，透过事物的外在形象，深入到事物的本质，把握齐一无别的"道"，庶几能够得其所得，穷而不慑，达而不荣，处高不危，持盈不倾，久而不渝。昔者王羲之在"兰亭"兴尽悲来，正在于他达不到庄子"一死生"、"齐彭殇"的境界，遂有《兰亭序》出焉。

何如尊酒，日往烟萝。花覆檐，疏雨相过。

这是一种无言的彻悟的圆满境界，吾心从此灵境摄取无穷真谛，此灵境经自性的摄取而充满诗意。此时，人的整个存在被重新纳入了宇宙的和谐运动的广阔轨道与节律之中，你的觉省，也许就来自那腾烟带萝的山径，那间覆满花草茅屋，那一阵阵潺潺的细雨，一种触觉式的无可名状的感受。于是，你穿透了世界的坚实性而进入了意义的圆融之地。

赤壁图

## [二十四] 流动*

若纳水輨,如转丸珠[1]。

夫岂可道,假体如愚[2]。

荒荒坤轴,悠悠天枢[3]。

载要其端,载同其符[4]。

超超神明,返返冥无[5]。

来往千载,是之谓乎[6]。

## 注 释

\*流动:《浅解》曰:"流行动荡。"

[1]水辊:水车,一种戽水的农具。若纳水辊:如同把水纳入水车使其运转不息。如转丸珠:语出《南史·王弘传》载沈约述谢朓语:"好诗圆美流转如弹丸。"转,转动。此句以流动和转动两种微观的运动状态,以喻流动之状。

[2]夫:句首虚词。岂:难道。道:言说。语本老子《道德经·一章》云:"道可道,非常道。"假,犹使也。假体如愚:取司马相如《上林》、《子虚》赋中忽然如睡、奂然而兴之意。此句意谓道很难形诸言语,倘若不使自己的身体凝神静气,寂然如灰,凝然如愚,就不能领悟道的玄妙。

[3]荒荒:茫茫无际;坤轴:地轴。古时称地为坤,称天为乾。悠悠:空阔无尽之貌。天枢:一本作"天机",北斗北一星名。《吕氏春秋》:"极星与天俱游,而天枢不移。"故为天体旋转之机枢。此处喻示天道周转运行之状。

[4]载:句首语助词;要其端:犹言寻其根源。语本《庄子·大宗师》云:"反复始终,不知端倪。"载同其符:一本作"载闻其符"。符:契机。犹言精神与道相符契。《庄子·德充符》王先谦注云:"德充于内,自有形外之符验也。"《臆说》:"枢轴即流动之端。流动即枢轴之符。"

[5]超超:玄妙;神明:流动之妙用;返返:往返不尽。冥无:流动之根本。此二句意谓惟有变幻莫测的道体能尽流动之妙。

[6]是之谓乎:是,代词,指"流动"之境。此句意谓古往今来始终如此。《集解》:"流动既不可以迹象求,所以只有一任自然,如坤轴天枢之循环往复,千载不停,差为近似。"

## 今 译

### [二十四] 流动

大道普运周流,常动不息;
如戽水不止的器具、圆满转动的丸珠。
它的幽微不可言说,
只能透过天地万象去参悟。
悠悠天宇,恢恢大地,
它的运转自有自身的机枢。
万物流变,循环往复,
真人始终与大道相符。
呵,惟有变幻莫测的道体能尽流动之妙,
它亘古如斯,运行不止,复归虚无,
难道不是这样吗?

## 导 读

　　大道坦坦，去身不远；求之近者，往而复返。"若纳水輨，如转丸珠"，司空图以此作譬，喻示"流动"是大道运行的外现；宇宙本体流动无常，不可以人力为之，也不可以言喻。"荒荒坤轴，悠悠天枢。载要其端，载同其符。"此四句意谓天运地斡，轮转靡休，水流而不止，与万物终始。大道之运行，如神明般变化莫测，周流无滞，返归于空无，亘古如斯，这才是"流动"（"离开与返回"）的本质。以往不少论者总是将"流动"一品断为诗歌风格与意境的描述，并拈举刘勰《文心雕龙·诠赋》："延寿《灵光》，含飞动之势"、沈约引谢朓评王筠诗："好诗圆美流转如弹丸"（《南史》卷二十二王筠传）及中唐皎然《诗式》"气动如飞"来自圆其说，可谓未窥要眇。

　　"返返冥无"不仅是人类生活空间中生存活动的基本模式，也是大自然与宇宙运动的一种韵律或力的结构。老子尝谓："反者道之动"，"返返"是道的运动形式，"万物并作，吾以观复。夫物芸芸，各复归其根。"万物虽形相各异，但终得返归本源。举凡日月星辰的升落，季节与昼夜的轮回，大地的冰封与复苏，万木的萌蘖与凋零，大海的潮汐，人的生、老、病、死，物的成、住、坏、空——在这永恒的"流动"中，必定有"道"统贯其中。要之，一切事物的生长运作过程，皆为"反本复初"。从"无"到"有"，从"有"到"无"，这就是万物必经之路，一切从"道"那里出发，有了"形"、"名"，也就有了生死，最终又回归到无形无名的"道"的原初状态，复归其根，这就是所谓"道"。

"道可道，非常道"，老子所说的这第二个"道"，显然是指言说；而"道"具有不可言说性。至于诗，则往往是通过语言的某种特殊形式表达生命，将事物引入象征的世界和精神生命的内在形式，也就是使存在引入生命——道——语言的一体性的敞开之境。诚如海德格尔所言，"诗就是存在者的无蔽性的言语"。

若从《诗品》的总体结构上着眼，将"流动"置于最后一品，正显示出司空图强烈的结构意识。如果说，"雄浑"一品所表达的是本体外延的空间覆盖的无限性，那么，"流动"一品所表达的则是本体外延的时间贯通的无限性，首尾相应，正完成了一个由宇到宙的宏观把握与逻辑构架——表明其他各品不过是生命意兴在此两极之间所展现的多种形态。

马远　水图卷